Nicolau Gógol

O inspetor geral

Tradução e adaptação em português de
Sylvia Orthof

Ilustrações de
Célia Seybold

Gerência editorial
Sâmia Rios

Edição
Cristina Carletti

Preparação
Márcia Copola

Revisão
Marília Andrade Pinto,
Ricardo Abílio da Silva
e Thiago Barbalho

Diagramação
Carla Almeida Freire

Programação visual de capa e miolo
Didier Dias de Moraes

Ilustração de capa
Alexandre Argozino

editora scipione

Avenida das Nações Unidas, 7221
CEP 05425-902 – São Paulo – SP

ATENDIMENTO AO CLIENTE
Tel.: 4003-3061

www.scipione.com.br
e-mail: atendimento@scipione.com.br

2021
ISBN 978-85-262-8384-8 – AL
ISBN 978-85-262-8385-5 – PR
Cód. do livro CL: 738024
CAE: 263364 - AL
10.ª EDIÇÃO
9.ª impressão

Impressão e acabamento
Vox Gráfica

Traduzido e adaptado de *Der Revisor*, de Nicolau Gógol, traduzido do russo por Johannes von Günther. Stuttgart: Reclam, 1984.

Ao comprar um livro, você remunera e reconhece o trabalho do autor e de muitos outros profissionais envolvidos na produção e comercialização das obras: editores, revisores, diagramadores, ilustradores, gráficos, divulgadores, distribuidores, livreiros, entre outros.
Ajude-nos a combater a cópia ilegal! Ela gera desemprego, prejudica a difusão da cultura e encarece os livros que você compra.

Dados Internacionais de Catalogação na Publicação (CIP)
(Câmara Brasileira do Livro, SP, Brasil)

Gogol, Nikolai Vassilievitch, 1809-1852.

O inspector geral / Nicolau Gógol; adaptação em português de Sylvia Orthof. – São Paulo: Scipione, 1997. (Série Reencontro literatura)

1. Literatura infantojuvenil I. Orthof, Sylvia. II. Título. III. Série.

97-1613   CDD-028.5

Índices para catálogo sistemático:
1. Literatura infantojuvenil 028.5
2. Literatura juvenil 028.5

Este livro foi composto em ITC Stone Serif e Frutiger
e impresso em papel Offset 75g/m².

SUMÁRIO

Quem foi Gógol? 5
Capítulo 1 7
Capítulo 2 13
Capítulo 3 17
Capítulo 4 22
Capítulo 5 28
Capítulo 6 35
Capítulo 7 40
Capítulo 8 45
Capítulo 9 56
Capítulo 10 61
Capítulo 11 68
Capítulo 12 77
Quem foi Sylvia Orthof? 84

QUEM FOI GÓGOL?

A Europa das vastas extensões de terras mal aproveitadas, repartidas entre poucos proprietários que mantinham seus camponeses em regime de semiescravidão, desapareceu no decorrer do século XIX. A Revolução Industrial (1780), com os novos meios de produção, e a Revolução Francesa (1789), com as novas conquistas sociais e políticas, mudaram a fisionomia do velho continente. O imenso Império Russo, no entanto, permanecia à margem desse processo. A constante crise de abastecimento de gêneros agrícolas e as incontáveis revoltas camponesas contra a miséria e a servidão não convenciam os grandes proprietários da necessidade de mudança. Nas cidades, a burocracia e a corrupção alimentavam milhares de funcionários públicos, com o dinheiro proveniente dos pesados impostos. O império se encaminhava para uma grave crise, admitida até pelo czar Nicolau I (1796-1855). Mas como efetuar uma reforma tão importante sem abalar o regime político e social?

O jovem Nicolau Gógol, nascido na província da Ucrânia, preocupava-se com a situação do seu país, porém admirava o czar e o regime e temia as consequências que profundas transformações sociais pudessem causar. Foi então com surpresa e embaraço que Gógol recebeu as críticas violentas dirigidas contra o seu *O inspetor geral*. Escrito para o teatro, *O inspetor* foi levado ao palco em 1836, causando um grande escândalo na alta sociedade da capital, São Petersburgo. A mediocridade e a corrupção dos administradores públicos nunca haviam sido expostas tão claramente e, como fator agravante, de forma tão satírica. A censura, rigorosa, só não foi aplicada por influência do próprio czar.

Gógol foi o primeiro escritor a abordar de maneira contundente a triste situação do seu país, revelando caminhos para outros grandes escritores russos como Dostoiévski, Tolstoi, Tchekov e Górki, por exemplo. Mas ele nunca pretendeu ser um ativista político ou um revolucionário. Ele apenas seguia o conselho de seu amigo Púchkin, o maior poeta da língua russa: "Crie personagens russos, personagens da nossa casa, como nós! Percorra nosso país, em todos os sentidos, tão vasto; quanta gente respeitável, quantos espertalhões que perturbam a vida de tantos e nenhuma lei os pune! Que toda a população os possa reconhecer! Que todos riam deles! Oh, rir é uma grande coisa! O homem não teme nada quando ri!".

Gógol viajou por vários países da Europa, mais do que percorreu a Rússia. Porém, desde criança mostrou-se um observador atento da realidade, quando se deixava entreter com as conversas e histórias dos servos da fazenda de seu pai. Aos 19 anos mudou-se para São Petersburgo, onde trabalhou como escriturário, escreveu contos para revistas e publicou seu primeiro livro. Foi nomeado professor de História na universidade, mas demitiu-se depois de um ano: seus alunos o consideravam um professor medíocre, opinião que ele mesmo compartilhava. Gógol achava-se igualmente incapaz de levar adiante seus projetos de escrever livros de História. Apesar de consciente da sua condição de grande destaque na literatura russa, ele jamais se deu conta de que suas obras eram o melhor registro da história do seu tempo.

Autor de *Diário de um louco*, *O nariz*, *O capote* e *Taras Bulba*, para citar apenas algumas de suas obras, Gógol sofria, porém, frequentes crises de insegurança. Muito vulnerável às opiniões alheias, principalmente depois da morte de Púchkin, deixou-se abater pelas críticas incoerentes que recebia das mais diversas facções políticas: de conservadores a liberais, da Igreja aos revolucionários. Suas sátiras à burocracia e à servidão, por exemplo, foram interpretadas pelo mais importante crítico literário russo da época como um golpe aplicado contra a luta pelo progresso. Abalado física e psicologicamente, Gógol atirou ao fogo os manuscritos do segundo volume da sua obra-prima, *Almas mortas*. Morreu nesse mesmo dia, 11 de fevereiro de 1853, aos 43 anos.

Capítulo 1

Esta história aconteceu na Rússia, há muito tempo, mas poderia ter acontecido (ou até estar acontecendo) em qualquer outro país. Você, leitor, pode imaginar uma aldeiazinha em meio a um cenário de neve, algo longínquo, quase um cartão-postal. Quem será toda essa gente, com ar importante, que corre para aquela casa, sem dúvida a mais rica do lugar? O que estará havendo?

Pois aquela é a casa do governador de Kolmogor. Ali foi convocada uma reunião de emergência, porque havia ocorrido algo muito grave, capaz de tirar o sossego de muitos dos habitantes do local.

Dentro da casa, o governador, já cercado por algumas das pessoas mais graúdas daquele pequeno mundo, estava aflitíssimo. Mas quem eram essas personalidades? O diretor do hospital, Artêmi Filípovitch Ziemlianka, e Lucas Lukitch, o diretor da escola. Entrou em seguida, depois de ter escorregado na soleira da porta, por causa do gelo ou das esporas que sempre usava, o juiz, chamado Amós Fiodoróvitch Liápkin-Tiápkin. Chegaram ainda mais dois soldados e o doutor Cristiano Ivánovitch Gibner, um médico de ar perplexo e muito quieto... não por ser médico ou funcionário do hospital, mas porque não sabia falar russo. Isso, no entanto, não atrapalhava suas funções, pois ele sabia como cobrar as contas dos pacientes, embora não compreendesse as suas queixas. Com certeza, o tal médico tinha arranjado aquele posto no hospital através da recomendação de alguém muito importante. Coisas da Rússia... ou de qualquer outro lugar onde existam padrinhos.

Todos os convocados estavam tensos, sem poder imaginar o motivo da urgentíssima reunião.

O governador, Anton Antonóvitch Skovznik-Dmukhanovski (talvez fosse melhor chamá-lo somente de "o governador", você não acha?), passou então a explicar, num tom de discurso, o motivo da convocação:

– Senhores, amigos, meus compatriotas! Resolvi reuni-los aqui em caráter de emergência porque recebi uma notícia deveras inquietante: está para chegar à nossa aldeia... um **inspetor!**

Houve um momento de silêncio dramático. O juiz Amos, depois de tilintar as esporas, esbugalhou os olhos e perguntou:

– Mas será mesmo verdade? Um inspetor? Um... inspetor?

Os presentes entreolharam-se. Todos sabiam o que significava a presença de um inspetor entre eles; alguém encarregado de inspecionar cada canto da aldeia, a fim de verificar se ela estava sendo bem administrada. Não só de verificar, mas também de fazer relatórios sobre a conduta dos administradores. Se qualquer irregularidade fosse constatada...

O diretor do hospital, torcendo as mãos, gélidas pelo nervosismo, não queria acreditar:

– Será que ouvimos a palavra certa? Não haverá algum engano? Talvez um erro de... de... de diagnóstico? É mesmo um inspetor?

O governador parecia não escutar as perguntas e andava de um lado para o outro. De repente, lembrou-se do pesadelo que tivera na noite anterior, com certeza um presságio: sonhara com ratos enormes, que chegavam perto dele e o cheiravam... depois fugiam, com medo. Sonhar com ratos não podia mesmo ser bom sinal!

Foi então que decidiu tirar do bolso a carta que recebera. E leu-a em voz alta e em tom solene, como quem lê sua própria sentença de morte:

– "Querido amigo e benfeitor Anton Antonóvitch Skovznik-Dmukhanovski: estou escrevendo às pressas para mandar-lhe uma informação urgente, que exige providências urgentíssimas. Soube, através de fonte fidedigna, que está para chegar aí um funcionário especializado em inspeções de província. Por motivos secretos, o tal inspetor viaja incógnito e deverá chegar a qualquer momento. Como sei que meu amigo e benfeitor não tem o hábito de deixar escapar benfeitorias que lhe caiam nas mãos... (nesse momento, o governador pigarreou) eu o aconselho a ter muito cuidado. Pode ser até que o tal inspetor já esteja aí, disfarçado de turista. Cuidado! Fora isso, tudo aqui continua na mesma. Ana, minha irmã, veio visitar-me ontem, acompanhada do marido, aquele que toca violino. Meu cunhado engordou demais, parece um porco cevado, mas continua a tocar violino, ou melhor, a arranhar as cordas do dito cujo..." e assim por diante etc. e tal. Bem, aqui está a assinatura: André Ivánovitch.

O diretor da escola, alterado pela notícia, começou a falar com voz estridente, parecendo um mau aluno antes da prova final:

– Mas o que será que um inspetor quer aqui? O que será que um inspetor quer? Mas o que será... o quê? Um inspetor?

O governador, suando muito apesar do frio, deixou-se cair numa poltrona, lamentando-se:

– Destino cruel! Destino crudelíssimo! Antigamente, graças às nossas preces e orações, rezas e velas, os inspetores só inspecionavam os outros lugarejos! Agora, destino cruel, desgraçadamente chegou a nossa vez!

O juiz, mais ponderado, levantou outra hipótese:

– Ora, ora, vocês estão fazendo uma tempestade em copo d'água! Vai ver não somos nós o motivo da fiscalização. A Rússia, com tanta intranquilidade política, meteu-se em conflitos com outros passes... Vai ver esse inspetor vem à procura de algum espião. Deve ser coisa referente a outros setores, tenho certeza!

Perdendo sua compostura habitual, o governador insinuou que o juiz era totalmente idiota, acrescentando aos berros:

– E o senhor acha que aqui, neste lugarejo perdido, vai existir um traidor ou um espião importante? E a Rússia, por acaso, vai perder tempo com tal absurdo? Para alcançar alguma fronteira, teríamos que cavalgar meses! Nada disso: resolveram limpar o país das mordomias, do empreguismo... E chegou a nossa vez! Estamos fritos!

O juiz ficou indignado. Tilintou as esporas, queria retrucar, mas perdeu a voz e ficou parado, vermelho de raiva, com a boca aberta. No entanto ninguém prestou atenção nele. De fato, a tal hipótese aventada pelo juiz não tinha qualquer fundamento, era completamente ilógica.

Muito mais importante era procurar resolver os problemas que precisavam ser solucionados antes da chegada do inspetor... E foi assim que o diretor do hospital foi convidado a esclarecer, com urgência, o caso da verba que havia sumido... e a mandar fazer a desinfecção geral nos quartos dos doentes e na sala de cirurgia. Artêmi Filipovitch tentou defender-se:

– Senhor governador, o tratamento que os pacientes recebem em nosso nosocômio (ele adorava chamar o hospital de *nosocômio*) é baseado em curas naturais e bem baratinhas. A natureza é sábia. O senhor está insinuando que lá existem baratas? E por acaso barata não é coisa natural? Se a natureza inventou baratas, pulgas e percevejos, é porque ela sabe o que faz... deve existir uma sábia razão para isso. E se o doente estiver muito mal, não é melhor que morra de uma vez? Vale a pena padecer de uma doença? Quando a morte chega, a pessoa tem que morrer, ora!

E, depois de fazer esse discurso, o diretor do hospital cutucou o doutor Cristiano, o médico, que balbuciou:

– H... h... h... h...

– Viram? – continuou o diretor do hospital. – O nosso doutor concordou, apesar de não falar russo. Aliás, é bom que se diga, o pobre doutor não deveria ser aborrecido com consultas em que os pacientes se queixam e se queixam... Afinal, o doutor não entende o que eles falam... mas é um ótimo profissional, muito conceituado... lá no país de onde veio. Um médico por demais competente, garanto!

– H... h... h... h...–grunhiu o doutor, com o olhar abstraio.

O governador ouviu as explicações, impaciente, e retrucou:

– Vamos combinar o seguinte: o inspetor pode não entender a sua sábia teoria sobre o naturalismo. Pode ser uma pessoa ignorante... Pois o melhor é o senhor mandar limpar o hospital e colocar uma placa sobre a cama de cada doente, com seu nome em latim e o nome da enfermidade... também em latim. Vai ficar muito científico, vai dar boa impressão... E melhor ainda é mandar a maioria dos doentes para casa! Muitos deles podem causar uma infeliz imagem da sanidade de nossa aldeia. E tenho dito! Depois de organizar o "departamento de saúde", o governador passou ao "departamento de justiça". Tinha chegado a vez do juiz, aquele sobre cuja falta de inteligência a insinuação do governador não deixara dúvidas, ainda que este não o houvesse chamado explicitamente de idiota.

Na verdade, esse "departamento", sob as ordens de Amós Fiodoróvitch Liápkin-Tiápkin, era deveras esquisito; melhor dizendo, esquisitíssimo...

Eis algumas peculiaridades do tribunal: na sala de espera, os empregados criavam gansos. Os gansos, que não entendem de leis nem de justiça, que não sabiam que tribunal é lugar de decoro, comportavam-se exatamente como qualquer ave: andavam de um lado para o outro, faziam uma zoeira infernal e defecavam à vontade por todo o recinto. Conclusão: o público, quando ia tratar de algum assunto jurídico, escorregava e caía sobre a sujeira dos gansos.

Mas a tragédia não parava aí. Bem no centro do salão de audiências, os funcionários haviam estendido um varal, em que, durante o inverno, aproveitavam para secar meias, luvas, camisas e outras peças molhadas pela neve ou pela chuva. O pior problema, entretanto, era o falo de o juiz Amós ser dado a caçadas. Atirava-se a elas com verdadeira paixão, montado num fogoso cavalo, seguido de inúmeros cães. E sobre a mesa do tribunal ficavam largados os apetrechos do esporte: chicote, espingarda, balas... E, como o juiz Amós saía para caçar a toda hora, nunca tirava as esporas, mesmo quando usava a sua desbotada toga.

Para completar o quadro, o escrivão da corte judicial tomava tantas garrafas de vodca que exalava o cheiro de bebida pelos poros. Para disfarçar, comia alho e cebolas. Tinha esse pequeno defeito, mas era um ótimo escrivão. Afinal, quem não tem um defeitinho? Diziam que o juiz Amós costumava mudar de opinião na hora de dar uma sentença. Não em troca de dinheiro, é claro. Ele não recebia dinheiro de ninguém, pois era "honestíssimo". Era um juiz, ora! Só de vez em quando, para dar algum parecer favorável a alguma causa desfavorável, aceitava uns presentinhos à toa: mudava sentenças em troca de cães perdigueiros... e com ótimo *pedigree*. É evidente que aquilo não poderia ser chamado de suborno. Afinal, eram somente uns cachorrinhos!

O governador lembrou todos esses fatos aos presentes à reunião. O juiz espumava de ódio; tiniu as esporas e retrucou:

– Anton Antonóvitch, você nos acusa, fala de nós, mas sabe muito bem que anda na boca do povo por causa das suas negociatas e falcatruas. Quem tem telhado de vidro não deve jogar pedras no do vizinho!

Desconcertado, o governador defendeu-se:

– Eu posso ter os meus... os meus... deslizes involuntários, mas sou um homem religioso. Um homem religioso, ouviu? – dizia, levantando as calças e mostrando joelhos calosos, de tanto rezar.

Diante desse argumento irrefutável, o juiz se acalmou e tentou conciliar:

– Está bem, darei um jeito nos gansos hoje mesmo. Quer almoçar comigo? Minha mulher tempera aves como ninguém...

Enfim, a "roupa suja" estava sendo lavada. Pouco a pouco, descobriram que, em matéria de pouca lisura, todos eram colegas. O melhor era interromper a discussão, tomar medidas urgentes de saneamento básico, fazer uma faxina geral, dar um ar de honestidade às instituições e continuarem coesos, juntos, unidos. Porque a união faz a força e um inspetor... pois é, um inspetor estava para chegar. E vinha incógnito, o que aumentava o perigo!

Capítulo 2

Pois naquele momento em que os pecadilhos vinham à tona e as providências imediatas para acobertados estavam sendo discutidas, adentrou a sala do governador, esbaforido, um novo personagem: o chefe dos correios, Ivan Kusmitch Shpékin. Havia corrido muito, e nem chegou a retirar o grosso capotão.

– Vocês sabem quem está para chegar? – perguntou aflitíssimo e, sem esperar qualquer resposta, anunciou em pose marcial: – Deduzo que entramos em guerra contra os turcos!

O juiz exultou, concordando com Shpékin e olhando com desdém para o governador:

– E teve gente que não acreditou em mim! Pois eu aventei essa possibilidade, mas o senhor Anton Antonóvitch...

O governador berrou, fora de si:

– Tanto o juiz quanto o chefe dos correios tiveram a mesma ideia, bastante... bastante... idiota, com perdão da palavra!

O juiz tremia de indignação. Suas esporas tilintavam, tão nervoso ele estava. Era uma situação deveras constrangedora.

Já o chefe dos correios não pareceu aborrecer-se e insistiu:

– Garanto que está para acontecer uma terrível guerra contra os turcos, e que tudo é culpa dos franceses, esses intrigantes...

O governador interrompeu o discurso. Não era hora para baboseiras, o tempo corria; resolveu assumir uma postura politicamente delicada. Pegou o chefe dos correios pelo braço e, pigarreando, levou-o para perto da lareira. Ali, entre tapinhas nas costas e cochichos, explicou-lhe que tinha perdido a calma por causa da insistência do juiz, aquele idiota, mas que ele, o governador, estava preocupado, temeroso:

– Imagine, senhor chefe dos correios, meu caríssimo amigo Ivan Kusmitch Shpékin... imagine o senhor que certos comerciantes andam inventando que eu tiro dinheiro deles, muito dinheiro! Eu só aceitei uns trocadinhos, mas sem qualquer má intenção! Coisa irrisória, normal em qualquer governo!

E concluiu insinuando que o chefe dos correios faria um grande serviço à comunidade se verificasse não estar havendo alguma denúncia sórdida contra ele, o sofrido governador que tanto sacrifício fazia em prol do bem-estar do povo:

– Ivan, seria um gesto patriótico, que ajudaria a todos os nossos correligionários... se você, discretamente, abrisse as cartas que chegam e que partem do correio... Sabe, Ivan, seria uma coisa sem gravidade, somente uma pequena... como direi?... uma pequena vistoria em toda a correspondência. Afinal, por que motivo o ministério teria mandado para cá um inspetor?

O chefe dos correios soltou uma retumbante gargalhada, sacudindo a pança, dando tapinhas de intimidade na barriga do governador. Depois, piscando um olho, confessou:

– Esse servicinho já está sendo executado há muito tempo. Não que eu tenha a intenção de violar a correspondência... isso nunca! É simplesmente por motivo de cultura geral, interesse pelo mundo. Há cada carta tão instrutiva!

– E já leu alguma denúncia sobre a minha pessoa? – perguntou o governador, limpando o suor no seu lenço de seda.

– Ora, ora, se houver alguma denúncia, garanto-lhe que rasgarei a carta, darei um chá de sumiço nela! – acalmou-o o chefe dos correios.

E foi assim que o ilustre e excelentíssimo governador recebeu outro tapa na barriga.

De repente, eis que chegam dois fazendeiros da região, Bobtchinski e Dobtchinski, discutindo em voz alta quem seria o porta-voz da grande novidade:

– Eu conto, Bobtchinski!

– Não, Dobtchinski, quem vai contar sou eu!

– Mas você vai confundir os fatos, Bobtchinski!

– Eu sei contar melhor, Dobtchinski!

O governador impôs silêncio. Ordenou que os dois sentassem e que a novidade fosse contada, sem demora.

Dobtchinski tomou a dianteira:

– Ocorre o seguinte: depois de ir para lá e vir para cá... tendo ido à casa de Koróbkin, aliás, Koróbkin não estava, pois resolveu visitar outro amigo, perto daquela vendinha, aquela onde se come uns pastéis deliciosos, pois é, aqueles com recheio de caviar... uma gostosura...

O governador estava impaciente e passou a palavra para Bobtchinski, que continuou o relato:

– Pois é, encontrei Pedro Ivánovitch e perguntei a ele se já tinha ouvido algo sobre a chegada de um inspetor. E Pedro, imagine, já sabia de tudo, tudinho, tim-tim por tim-tim. Sabia, porque a criada de Pedro, a Sônia, havia sido enviada lá para a residência do Felipe, para buscar uma encomenda: um champanhe francês, daqueles de contrabando honesto, sem mácula...

Dobtchinski interrompeu o amigo:

– Nós dois, eu e Bobtchinski, fomos almoçar no hotel. Que surpresa terrível: havia chegado um hóspede, muito suspeito, com traje civil. O forasteiro chama-se Ivan Alexándrovitch Klestakov, segundo informou o dono do hotel. Aquele Ivan Alexándrovitch Klestakov, sem dúvida, deve ser o inspetor incógnito!

– E como os senhores chegaram a tal conclusão? – perguntou o governador, apavorado.

Bobtchinski expôs seu raciocínio:

– Muito simples: o forasteiro não paga as contas, não parte da cidade e ficou olhando muito para nós enquanto comíamos salmão fresco, no restaurante. Tinha um ar profundo, rugas na testa e... muito disfarçadamente, olhou para o prato!

Anton Antonóvitch rezava baixinho, para ninguém reparar. Depois, com voz ligeiramente trêmula, indagou:

– E desde quando o suspeito está em nossa terra?

Houve um silêncio aniquilador, feito de tensão e medo.

Dobtchinski declarou, como quem anuncia uma terrível catástrofe:

– O suspeito chegou há duas semanas!

Foi um corre-corre, uma gritaria! Uns acusavam os outros; outros acusavam ainda outros, que não estavam presentes. Falou-se de fatos acontecidos justamente naquela quinzena: recordaram que a viúva de um suboficial havia sido espancada, por ordem superior, porque andava reclamando uma pensão atrasada. E que, na cadeia, os presos estavam passando fome porque a verba de alimentação dos detentos havia sumido... Fora problemas menores, tais como esgotos entupidos, o fedor nas ruas e outras calamidades!

Capítulo 3

Nunca o governador foi tão fervorosamente religioso: rezava para dentro, enquanto dava ordens para fora. Informou-se sobre a idade do forasteiro e soube que ele era jovem; teria no máximo vinte e quatro anos. Essa informação valeu uma oração silenciosa de agradecimento. Gente jovem, segundo a velha raposa politiqueira Anton Antonóvitch, era mais fácil de persuadir e enredar.

Agora restava à cúpula da aldeia, já consciente dos problemas que teria pela frente, tentar amenizar ao máximo o caos que ela própria havia instalado. Horrorizava a todos a possibilidade de ter seus departamentos vasculhados, suas desonestidades descobertas por aquele inspetor que pretendia colocar ordem na província.

Tudo foi organizado às pressas: limpar o hospital, dar um certo ar de disciplina à escola através da substituição de determinados professores ou do afastamento temporário de outros, impor alguma ordem no tribunal de justiça, providenciar a limpeza das ruas etc. "Etc." era o que não faltava! De uma hora para outra, quanta coisa para organizar, administrar, limpar! A chegada de um inspetor, assim de repente, exigia um esforço supremo dos dirigentes da pequena e confusa aldeia a fim de dar a impressão de que tudo por lá corria bem.

Insinuou-se então que seria uma atitude simpática aos olhos do inspetor se todas as personalidades ali presentes fossem, em grupo, dar-lhe boas-vindas.

O governador não desconsiderou a ideia e propôs: ele e Pedro Ivánovitch Dobtchinski iriam ao hotel discretamente, como se estivessem fazendo uma simples vistoria governamental, coisa de rotina, para saber se o hotel estava dispensando bons serviços aos hóspedes de fora. Melhor ainda seria que não se desse um caráter oficial àquela visita. Combinaram então fazer um "passeio" até o hotel e também chamar o delegado para acompanhá-los. Um soldado apressou-se em cumprir a ordem.

Evidentemente, era uma correria só. O juiz pensava nas centenas de processos esquecidos nas gavetas. O diretor do hospital pensava na fedentina do nosocômio. O diretor da escola, pela primeira vez, preocupou-se com o ensino.

A carruagem já estava pronta para conduzi-los ao hotel; aguardava-se somente a chegada do delegado.

– Ei, você! – vociferou o governador dirigindo-se a um soldado. – Por que o delegado está demorando tanto? Por acaso já foi ao menos avisado de que estamos aqui esperando por ele?

– Senhor governador – gemeu o soldado –, meu chefe não poderá comparecer, pois está convalescendo de uma bebedeira. Tentamos reanimá-lo entornando dois baldes de água gelada na sua cabeça, mas o resultado foi nulo!

O governador bufava de raiva.

– Suma daqui! – gritou para o pobre soldado, mas logo mudou de ideia. – Vá buscar o meu chapéu e a minha espada, que estão no meu quarto, lá no primeiro andar!

E começou a xingar o delegado Prochorov de tudo que era nome, inclusive o dele:

– Aquele beberrão sem-vergonha, aquele... aquele... Prochorov!

Enquanto entrava na carruagem, o governador dava ordens ao soldado, atropelando as palavras, tal a aflição que sentia.

– Acho bom chamar aquele sargento alto para que fique em posição de sentido no meio daquela ponte. Ele é forte, bem-apessoado, vai causar uma impressão excelente caso o inspetor passe por ali. – O governador mal recuperava o fôlego e já despejava novas ordens: – E mande derrubar, urgentemente, aquela cerca torta da casa do sapateiro. Seria bom colocar ali um tapume, como se houvesse uma obra importante a ser construída. Assim, esconde-se também o lixo. É impossível administrar uma cidade como essa! Ninguém consegue ver um monumento ou uma cerca sem jogar lixo em volta... E, se o inspetor fizer alguma pergunta, todos deverão responder que estão satisfeitíssimos com o meu governo, entendeu?

O soldado entendeu, lógico. Quem não entenderia? Foi aí que, aproveitando aquela pausa, pôde avisá-lo de algo constrangedor:

– Desculpe-me, Excelência, mas o que o senhor acaba de colocar na cabeça não é o seu chapéu. É a caixa de papelão em que ele fica guardado.

O aflito governador segurava o chapéu na mão e estava com a cabeça "encaixada". Rapidamente desfez o equívoco entre explicações:

– Ora, vejam só! Uma distração dessas é própria dos grandes homens, em momentos de decisões históricas!

Ao ouvir a palavra *caixa*, lembrou-se de certas caixas de caridade destinadas a arrecadar fundos para a reconstrução da capela do hospital... O dinheiro havia sido usado para outros fins!...

– Soldado, preste atenção: é importantíssimo avisar a todos para que, se alguém perguntar a respeito da capela do hospital, digam que ela foi construída, mas um incêndio, uma calamidade, transformou-a em cinzas. Ouviu bem?

O soldado ouvia as ordens com os olhos esbugalhados, impassível como um soldadinho de chumbo. As ordens eram tantas que ele começou a embaralhá-las. Mas não discutia; afinal, um soldado não discute ordens, por mais absurdas que sejam.

Enfim, lá se foi o governador, depois de receber a espada e o chapéu.

– Olhem só o estado desta espada! Está toda torta! Aquele sem-vergonha!!... – dizia, xingando o comerciante Abdúlin. – Essa caterva de comerciantes já deve estar pronta para se queixar de mim ao inspetor. No entanto, ninguém se lembra de dar uma espada nova ao governador. Ladrões!...

Bobtchinski insistia em ir também.

– Esperem por mim! Vou acompanhar os senhores! – suplicava.

– Esqueça essa ideia! – respondeu-lhe atravessadamente o governador. – Não vê que não há lugar para mais uma pessoa?

– Se é assim, não quero causar-lhes incômodo. Pode deixar, vou a pé mesmo.

E lá se foi Bobtchinski, correndo atrás do carro.

* * *

Ao sair de casa, o governador deixou atrás de si um grande tumulto. Ana, sua mulher, e Maria, sua filha, adentraram a sala correndo. Ana estava curiosíssima: queria saber quem chegara, qual o motivo de tanta afobação.

– Anton! Antoninho! Cadê você? – E, dirigindo-se à filha: – Você é que é a culpada! Fica demorando para se embonecar toda, porque sabia que o chefe dos correios estava aqui!

Correu até a janela e gritou para o marido:

– Anton, aonde você vai? Quem chegou? O quê? Um inspetor? Você não pode sair vestido assim, você, um governador!

Anton Antonóvitch partiu sem dar maiores explicações. Ana voltou sua fúria contra a filha:

– Você fica cheia de fricotes e salamaleques, e o chefe dos correios nem olha para você. E, quando olha, faz cara feia!

Maria choramingava, e, fungando, procurou acalmar a

mãe dizendo-lhe que saberiam de tudo em algumas horas. "Algumas horas", no entanto, era tempo demais para a mulher do governador, que corria inconsolável de uma janela para outra.

– Maria – ordenou a mãe –, deixe de histórias e faça alguma coisa útil. Procure saber, sem demora, quem é o forasteiro que acabou de chegar! Descubra o que ele tem de tão importante que fez com que o seu pai saísse tão apressadamente! Só sei que é um inspetor, mas isso é pouco.

Interrompeu-se e acrescentou, maliciosa:

– E quero saber mais sobre ele: usará bigodes? Qual será a cor dos seus olhos? Será um cavalheiro de alto gabarito, alguém deveras importante? Vá, ande, corra!

Cansada de andar de um lado para o outro, Dona Ana acabou fincando os cotovelos numa das janelas. Viu então uma conhecida e tratou de crivá-la de perguntas.

– Avdótia! –gritou-lhe. – Você sabe de alguma coisa sobre o inspetor que chegou a esta cidade?

A resposta veio também aos gritos, numa voz esganiçada:

– O quê? Inspetor? Não, só vi o seu marido, saindo apressado na sua carruagem; ele mal acenou para mim!

– É só isso? Depressa, Avdótia, traga notícias concretas! Não perca tempo! Corra atrás da carruagem, espie pelos buracos das fechaduras, traga um relatório detalhado! – berrou Dona Ana, fechando a janela com estardalhaço.

Realmente, quantas emoções! Pudera: havia chegado um inspetor!

Capítulo 4

Ali, naquele antigo quarto de hotel, havia poucos móveis, todos já muito gastos. Cobria as paredes um papel que, em outros tempos, deveria ter sido cor-de-rosa com desenhos dourados; hoje era de um creme rosado com rabiscos em bege. A mesa estava coberta por uma toalha de flores bordadas, comum no artesanato russo, ainda muito bonita, embora estivesse bastante usada e puída. No chão depositava-se uma velha mala de viagem e um par de botas pedindo graxa. Tudo demonstrava desmazelo.

Esparramado sobre a cama do patrão, Óssip, um empregado de aspecto rude, lamuriava-se, falando sozinho:

— Ai, que vida! Já estou farto de acompanhar esse patrãozinho sem juízo! Estou morto de fome, a minha barriga está pedindo comida! Que arrependimento eu sinto por ter saído de São Petersburgo!

Óssip rolava na cama, sem se incomodar com os sapatos sujos sobre as cobertas.

— O raio do patrãozinho perdeu todo o dinheiro na jogatina, e agora fica por aqui, nesse lugarejo, esperando um milagre! Faz-se passar por uma pessoa de posses, ordenando: "Óssip, procure para nós o melhor hotel da cidade, o melhor lugar para se comer, pois estou habituado ao bom e ao melhor!" Pois sim! Droga!

Óssip gemia de fome e de raiva, maldizendo a sorte:

— Ai, por que não fiquei no campo? Lá, sem tanto luxo, eu viveria bem melhor. Poderia ter casado com uma gorducha camponesa, que soubesse fritar bons pastéis. Ficaria junto dela, no quentinho, perto do forno de labaredas crepitantes... mas resolvi inventar de ir para São Petersburgo e deu no que deu! Bem, em São Petersburgo, com grana no bolso, tudo é diferente! A gente pode levar uma vida de luxo, com teatro, cultura, balé de cachorros e outras coisas finas! Em São Petersburgo as pessoas falam com sotaque grã-finérrimo, mais chique mesmo do que o palavreado dos czares! E, quando a gente entra numa loja, o vendedor logo faz mesuras, chamando a gente de *digníssimo*: "O que o digníssimo freguês deseja?" Quando a gente pega um barco, para atravessar o rio, muitas vezes senta-se ao lado de funcionários do primeiro escalão! E, quando a gente vai a um boteco tomar uma vodca, sempre encontra uma pessoa culta, que nos relata histórias cheias de heroísmo, e sabe até o nome de cada estrelinha da imensa abóbada celeste! E, muitas vezes, aparecem velhotas acompanhadas de moçoilas lindas... ai, ai, ai... São Petersburgo... aquilo sim é que é lugar de alta sociedade; a gente é tratado como se fosse um grão-senhor! Lá, se estou chateado de andar a pé, faço sinal para uma carruagem e me deixo levar como um aristocrata! E, se eu não tiver vontade de pagar o cocheiro, é fácil: saio correndo. Entro numa casa pela porta da frente e saio pela porta dos fundos, e quem quiser que atice os cães de guarda e... pernas pra que te quero!

Óssip interrompeu suas divagações e voltou a ficar furioso:

– Agora, São Petersburgo tem uma coisa horrível: patrões infames como esse que eu arrumei!... Estou com a pança doendo, roncando de tanta falta de comida! Raio de patrãozinho, miséria de patrão! Se ele fosse mais modesto, não estaríamos passando tantas aperturas. O pai dele manda dinheiro, mas ele gasta tudo, e eu sofro as terríveis consequências por tanta falta de juízo! Meu patrãozinho vive andando de carruagem, não sabe andar a pé. Tem vezes que empenha até as calças. Aí, veste as botas e o casacão, para ninguém desconfiar da sua penúria. E ele tem roupas da melhor qualidade, todas de casimira inglesa! O casaco vale um dinheirão, uma porção de rublos, mas, na hora que o dinheiro acaba, ele empenha tudo o que lhe resta por uns trocados miseráveis! Se o pai dele soubesse, mesmo o patrãozinho sendo um funcionário, coisa de respeito, garanto que escovaria o traseiro dele! E agora? O dono do hotel está querendo o pagamento... ai!

Óssip ainda rolava e choramingava na cama do patrão, quando Ivan Alexándrovitch Klestakov bateu à porta. Óssip, todo amarfanhado, foi abri-la. O maldito patrãozinho, com ar solene, lhe entregou o chapéu e a bengala, como se estivesse adentrando um palácio e sendo recebido por um elegante mordomo. Klestakov olhou para a cama, que estava toda desarrumada.

– Óssip, você se estirou novamente na minha cama? – disse, zangado.

– Eu? Deitado na sua cama?? Que absurdo! Não preciso de cama de patrão, pois tenho duas pernas fortes e posso muito bem ficar de pé. Aliás, nem ligo para camas – replicou Óssip amuado.

Klestakov abriu a gaveta da cômoda, examinou seu conteúdo e, dando pela falta de algo, inquiriu o criado:

– Óssip, onde você colocou meus charutos?

Óssip, com um risinho disfarçado, respondeu:

– Acabaram, patrãozinho!

Apesar da fome enlouquecedora, ele sentia um prazer especial em dizer para o patrãozinho jogador que as coisas estavam acabando.

Klestakov não deixou transparecer sua irritação e começou a perambular pelo quarto. Como já estava passando da hora do almoço, ordenou a Óssip que fosse falar com o dono do hotel. Ele se negou.

– Eu não vou, não! O dono do hotel está furioso, ameaçando mandar-nos para a cadeia, por dívidas! Quer queixar-se de nós até ao governador. Não vou, não! – teimou Óssip.

Klestakov, com pose fidalga, ordenou:

– Óssip, já chega de tanto falatório e vá, imediatamente, encomendar o meu almoço ao dono do hotel. Estou mandando, ouviu?

– Pois mande, mas eu não vou! Só desço se for para chamar o homem aqui para o quarto, dizendo que o senhor gostaria de falar com ele!

Klestakov foi categórico.

RENCONTRO
literatura

editora scipione

Roteiro de Trabalho

O inspetor geral
Nicolau Gógol • Adaptação de Sylvia Orthof

Numa aldeia do interior da Rússia, administrada por funcionários e políticos incompetentes e corruptos, espalha-se a notícia de que está prestes a chegar de São Petersburgo um inspetor, enviado para instaurar uma sindicância. Surge um forasteiro, que logo é confundido com o inspetor, sendo cumulado de atenções pelas autoridades locais. Inescrupoloso e desonesto, o estranho se aproveita da situação até que seu criado o aconselha a partir. Depois de sua partida, o equívoco é desfeito e o verdadeiro inspetor chega à aldeia, para consternação de todos.

QUE HISTÓRIA É ESSA?

Você acabou de ler o livro. Ótimo. Mas por que tanta gente acha essa obra tão importante? Vamos relembrar a história e ver o que há por trás dela.

1. Por que a notícia da chegada de um inspetor levou pânico às autoridades da aldeia de Kolmogor?

2. Quem era Klestakov na realidade? Por que ele foi confundido com o temido inspetor?

3. Como Klestakov reagiu quando percebeu que fora confundido com alguém importante?

4. Por que a mulher e a filha do governador estavam tão ansiosas com a chegada do "inspetor"?

Este encarte é parte integrante do livro O inspetor geral, da Editora Scipione. Não pode ser vendido separadamente.

Roteiro de Trabalho **1**

5. Os administradores e os comerciantes da aldeia decidiram "emprestar" dinheiro ao "inspetor". Por quê?

6. O que representava para o governador e sua mulher o noivado de Maria com Klestakov?

7. Por que Klestakov decidiu partir, inesperadamente?

8. Como foi descoberta a farsa do "inspetor"?

9. O que Klestakov dizia na carta que enviou ao amigo da capital?

10. Quem, na verdade, cometeu o equívoco?

VAMOS CRIAR COM A HISTÓRIA

1. As imagens também podem compor um livro. Reconte as histórias a partir das ilustrações, ou cite coisas que você descobriu nelas. Faça isso por escrito.

Roteiro de Trabalho **3**

2. A corrupção e a má administração são males muito antigos na gerência dos bens públicos, em qualquer regime político. No entanto, isso costuma ocorrer com mais frequência em países de população pobre. Troque ideias com seus colegas sobre as possíveis razões desse fato.

3. Em *O inspetor geral*, Gógol **satirizava** os costumes e a moral da classe governante da Rússia de seu tempo. Qual é a sua opinião sobre essa forma de crítica? Discuta com seus colegas.

4. Em outubro de 1917 houve uma grande revolução na Rússia. Faça uma pesquisa sobre a situação política anterior e posterior a essa data. Quais eram os objetivos da revolução? Eles foram plenamente alcançados? Se necessário, peça orientação ao seu professor de História.

5. Você leu no início deste livro que *O inspetor geral* foi escrito originalmente para o teatro. Exercite seu talento de dramaturgo, transpondo alguns capítulos da história para o gênero dramático. Em seguida você poderá convocar alguns colegas e organizar uma representação da peça.

4 Roteiro de Trabalho

– Cale-se, idiota! Que atrevimento! Estou ordenando-lhe pela última vez que vá imediatamente encomendar o meu almoço! – gritou para o criado, encarando-o, furioso.

Óssip, com ar assustado, acabou saindo do quarto para desincumbir-se da difícil tarefa. Quanta penúria e aflição! Klestakov, sozinho no quarto, repassava os últimos acontecimentos. Que fome! Maldizia a farra e a jogatina em Penza, onde perdera o resto do dinheiro que poderia levá-lo de volta para casa. Um capitão da infantaria o havia saqueado sem pena nem dó. Tinha um dom todo peculiar de fazer com que surgissem ases e mais ases, uma coisa espantosa! Em menos de um quarto de hora ficara quase que pelado, perdendo tudo exceto a vontade enorme de voltar à tal cidade e jogar com aquele adversário arrogante. Fora um dia de pouca sorte no jogo. Isso acontece. Amanhã, quem sabe, a sorte pode virar. Um ronco na barriga trouxe-o de volta à realidade.

– Eta, aldeola sem graça, chata, parada! Tão precária em tudo, nem sabe vender fiado, onde já se viu? Coisas de lugarejo sem categoria! Uma gentinha pão-dura, da pior espécie...

Naquele momento, ouviu que alguém batia à sua porta. Klestakov foi abrir e, ao ver à sua frente um empregado do hotel, adoçou a voz e as maneiras:

– Ah, é o senhor... Como vai passando? O hotel está com bom movimento?

O empregado estava muito tenso e respondeu-lhe, com o olhar distante:

– Tudo vai bem, obrigado. Senhor, devo esclarecer-lhe que vim aqui apenas para explicar-lhe que o meu patrão exige que o senhor pague as suas despesas. Não lhe dará comida alguma antes que isso seja feito.

Klestakov, faminto, fingiu não se importar com aquela notícia. Pensava numa maneira de persuadir o criado a trazer-lhe o almoço.

– Escute, amigo. Seu patrão não está entendendo que preciso almoçar logo, pois tenho muitos compromissos ainda hoje. Vamos, eu sei que você está me compreendendo. Vá e explique ao seu patrão que eu preciso comer. Todo mundo precisa, não é?

O criado do hotel o ouvia, confuso. Oscilava entre atender ao apelo do cliente ou às ordens do patrão. Klestakov percebeu e aproveitou-se da situação.

– Vamos, não é justo deixar um filho de Deus passar fome enquanto há tanta comida lá embaixo que, provavelmente, não será toda consumida, não é? Vá e exponha esse nosso ponto de vista ao seu patrão – dizia Klestakov, sabendo que comovia o criado.

Este, ainda hesitante, saiu do quarto com Óssip, dizendo a Klestakov que veria o que poderia fazer por ele.

Klestakov estava inquieto pela situação em que se metera. Realmente as coisas se complicavam cada vez mais. Precisava arranjar uma maneira não apenas de safar-se das dívidas como também de conseguir dinheiro, muito dinheiro, para desfrutar as delícias da vida. Mas, no momento, urgia que lhe servissem uma bela refeição. Nunca havia se sentido tão faminto antes.

Por fim o empregado do hotel voltou, acompanhado por Óssip, trazendo friamente a Klestakov um prato de sopa e uma parca almôndega cozida.

– Eis sua refeição. Fiz o que pude e afianço-lhe que esta será a sua última ceia. O dono do hotel continua a exigir o pagamento, senão certamente irá dar queixa ao governador.

Óssip, quase desmaiando de fome, olhava com cobiça para a sopa do patrão.

Foi aí que Klestakov, examinando aquela mísera refeição, teve um acesso de raiva:

– Você chama isto de almoço? Eu vi há uma hora dois senhores comendo salmão... E onde está o salmão? E a sobremesa?

Klestakov falava olhando alternadamente para o criado e para o prato que esfriava em suas mãos:

– Que falta de categoria! Que horror! Mas então, alguns

hóspedes recebem sobremesa, e eu só recebo sopa e uma almôndega? Há, por acaso, diferença entre o tratamento dispensado a mim e aos outros hóspedes? O empregado respondeu de forma lacônica:

– A diferença é uma só: os outros pagam.

Voltou a repetir, sem qualquer mudança de entonação, que o dono do hotel avisava que esta seria a última ceia. Se não fossem pagas as dívidas, o governador receberia uma queixa formal, judicial e policial, o que seria constrangedor, porém necessário.

Klestakov experimentou a sopa e fez uma careta de nojo.

– Mas isto não é sopa! É apenas água suja e morna! Como cheira mal!

– O dono do hotel me mandou dizer-lhe que, se o senhor não quiser a sopa, é só devolver... e não receberá mais nada – respondeu-lhe o empregado, ao mesmo tempo que ia retirando o prato de suas mãos.

Klestakov foi mais rápido, agarrou o prato com unhas e dentes.

– Idiota! – disse.

– Sim, senhor! – respondeu o criado.

– Porco!

– Exatamente – concordou o inabalável rapaz.

– Pois suma-se! – ordenou Klestakov. – Você também! – bradou, dirigindo-se a Óssip.

Enquanto Klestakov comia, reclamava do péssimo atendimento daquele "hoteleco de aldeia".

Óssip voltou às pressas ao quarto.

– Patrãozinho, o governador acaba de chegar e deseja falar com o senhor! – disse, assustado.

Klestakov engasgou-se, tossindo e espirrando a última colherada de sopa. E agora? O miserável do dono do hotel cumprira a promessa. Aí estava o governador, em pessoa, à sua procura. Com certeza, iria para a prisão. E agora, santo Deus?

Capítulo 5

Klestakov, apavorado, imaginava a vergonha de ser preso; como explicaria tal fato ao pai? Era só o que lhe faltava: ser trancado numa cadeia imunda, ali, naquela cidadezinha perdida! Remoía-se pensando no vexame ao qual seria exposto por culpa daquele ignorante, o dono de uma mísera espelunca. Alucinado pelo pânico, pôs-se a discursar:

– O quê?! Eu, metido numa cadeia como um camponês qualquer, denunciado por um vigarista qualquer?! Pois deixe-me ver esse governadorzinho e dizer-lhe na cara: "Quem é o senhor? Sabe com quem está falando?"...

A porta foi aberta por Óssip. Do lado de fora, empertigados e inquietos, estavam o governador e o seu acompanhante.

– Meus cumprimentos, senhor – disse-lhe o governador, assustado.

– Às suas ordens – respondeu-lhe Klestakov, igualmente assustado, fazendo um gesto para que entrassem.

Klestakov, deduzindo que a cadeia estava próxima, já via a figura do governador meio embaciada, como se olhasse tudo o que o cercava através das grossas grades da prisão. Ambos entraram e Klestakov pôs-se a imaginar quem seria o acompanhante. Seria da polícia secreta? Um carcereiro?

Por sua vez, o governador estava também aflitíssimo, imaginando o motivo que deixara o inspetor tão fora de si. Será que ele já sabia dos podres da cidade? Havia escutado alguma queixa, algo que se relacionasse com uns trocadinhos miúdos que recebera? Mas não era suborno, porque ele era um homem religioso! Eram auxílios. Afinal, ele não merecia também um pouco de caridade? Tantas despesas, tantos gastos em sua vida atribulada! Não é fácil ser governador, e gasta-se muito dinheiro com recepções, roupas etc. Sua filha, a Maria, tinha mania de elegância e Ana, sua mulher, precisava cuidar da aparência, era uma primeira-dama...

O governador fez uma curvatura. Klestakov curvou-se também. Foi então que o governador usou da palavra, pigarreando antes, para limpar a garganta. Mesmo assim, sua voz saiu esganiçada:

– Perdão – disse, à beira da histeria.

– Não por isso – respondeu Klestakov, sentindo que suas pernas amoleciam.

– Minha obrigação, já que sou governador, é cuidar que as pessoas de bem não sejam... não sofram qualquer aborrecimento em nossa humilde cidade!

Ao ouvir essas palavras, Klestakov entrou em pânico e disse, gaguejando como uma galinha assustada:

– Que... que... que... que... que... que... se pode fazer? A culpa não é mi... mi... minha! A culpa é dele... do hoteleiro... mas garanto que pagarei, apesar de ele me servir uma so... so... so... pa, uma sopa com gosto de lavagem e uma carne... uma carne dura como pedra. Estou passando fome há dias. O tal chá que estão servindo tem cheiro de peixe. Como é que devo pagar tal... tal absurdo?

O governador ouvia, com os olhos esbugalhados, o relato sobre a má qualidade da comida.

– Apresento-lhe minhas desculpas por isso, mas garanto-lhe que a culpa não é minha. Eu ignorava, até então, semelhante coisa. A culpa também não pode ser dos comerciantes de Kolmogor, que são ótimos fornecedores, profissionais do mais alto nível. Eu realmente ignoro onde foram arranjar uma carne de qualidade tão inferior! Diante disso proponho ao senhor uma mudança de instalações.

Quando Klestakov ouviu falar em mudança de instalações, já se viu atirado numa cela escura, cercado de ratazanas. Só podia imaginar ser essa a tal mudança: uma sórdida prisão, talvez perpétua. Como conseguiria sair dali, pedir socorro à família? E seu honrado pai, quando soubesse, seria capaz de morrer de vergonha!

Klestakov, em pânico, começou a gritar frases desconexas:

– Não, senhor! Embora o senhor seja o governador, não tem o direito de jogar-me numa cadeia! Como é que o senhor tem o atrevimento de sugerir a mim, que sou um funcionário de São Petersburgo... a mim, Klestakov, um alto funcionário, graduado, bem-nascido? Mas quanta audácia! Quanta falta de consideração!

Dobtchinski, o acompanhante, tremia tanto quanto o governador e Bobtchinski, que se metera sorrateiramente atrás da porta. Óssip batia os dentes e já pensava em saltar pela janela. Em voz baixa, o governador invocou os anjos do céu, os santos, as almas do purgatório, a Santíssima Trindade. Ele, que se julgava o mais humilde dos servos de Deus, precisava urgentemente de um milagre!

Klestakov, no auge da loucura, continuava gritando:

– Não seguirei o senhor! Caso insista, irei queixar-me ao ministério!

O governador, quase desmaiando, balbuciou uma súplica:

– Tenha dó de mim! Sou pai de família! Piedade! Toda essa situação aconteceu por simples inexperiência! Apesar do meu cargo, recebo uma miséria do governo, nem dá para comprar chá ou açúcar, e, se algum dia eu recebi algum dinheirinho, foi coisa mínima, insignificante. Com certeza, o senhor ouviu calúnias a meu respeito! Quanto às reclamações da viúva do suboficial, é preciso que o senhor saiba que ela é contrabandista! Mesmo assim eu nunca, jamais mandei açoitá-la! Tudo isso se resume em intrigas dos meus inimigos, coisa de gente da oposição... Quem se mete em política sofre calúnias!

Quando Klestakov ouviu o verbo *açoitar*, pôs-se a gritar:

– O que eu tenho a ver com tudo isso? Não conheço essa gente de quem o senhor está falando! Mande açoitar a quem quiser, mas a mim não! Já lhe afirmei que vou saldar minha dívida, mas no momento não tenho nenhuma moeda!

O governador sentiu que a situação estava começando a clarear. O inspetor falara em dinheiro, não havia dúvida. Seria perigoso procurar suborná-lo logo de uma vez?

Já mais calmo, colocou no rosto o sorriso mais cordial possível e falou:

– É meu dever, como administrador da cidade, auxiliar os visitantes. Se precisar de algum dinheiro, deve contar comigo.

– Necessito somente de duzentos rublos, mas os devolverei logo que for possível, prometo – disse Klestakov.

O governador apressou-se em entregar-lhe a quantia.

– Pois aqui estão seus duzentos rublos! Pode conferir! – declarou, passando-lhe quatrocentos rublos.

– Muito obrigado – disse Klestakov apanhando rapidamente o dinheiro. – Logo que voltar às minhas propriedades, devolvo-lhe a quantia. Acredite, eu nunca me vi numa situação dessas.

Feliz como se renascesse, Anton Antonóvitch exclamou, baixinho:

– Louvado seja Deus! Minhas preces foram ouvidas!

Klestakov, igualmente aliviado, convidou a todos para uma conversa informal. Elogiou o caráter e a bondade do governador, garantindo que a má impressão causada pelo hotel, via-se logo, seria um fato isolado durante sua estada naquela aprazível cidade. O governador, por sua vez, deduzindo que o forasteiro gostaria de continuar incógnito, resolveu fingir que ignorava ser ele, Klestakov, o temido inspetor e explicou a razão da visita

– Pois é – disse, descontraído –, eu estava passando pelo hotel, por motivos de serviço, acompanhado por Dobtchinski – e apresentou o acompanhante –, um grande proprietário de terras aqui da nossa aldeia, e resolvi averiguar pessoalmente se os viajantes estavam recebendo tratamento correto. Porque eu, como todo bom cristão, preocupo-me com o bem-estar do próximo.

Abrindo um sorriso, prosseguiu:

– Devo dizer que essa visita resultou no imenso prazer e na grande honra de conhecer tão importante figura como o senhor.

Tentando verificar a que ponto chegava a esperteza do inspetor, arriscou:

– O senhor disse que está a caminho de sua casa. Sem querer ser indiscreto, pode dizer-me onde ela se localiza?
– Dirijo-me à província de Saratov, onde possuo algumas propriedades – respondeu-lhe Klestakov.

Sorrindo, o governador intimamente zombava da situação, insistindo naquilo que ele considerava uma farsa, usada pelo inspetor para manter sua missão secreta:

– Quer dizer que o senhor viajará para Saratov? Que coragem a sua, quanto espírito esportivo! As estradas para aquela província não são das melhores. Há ainda o problema da muda de cavalos. Mas deve ser uma distração para espíritos aventureiros, claro! Se entendi corretamente, o senhor está viajando a passeio, não é? – perguntou, dando uma cutucada no seu acompanhante.

– Qual prazer, coisíssima nenhuma! Viajo porque o meu velho anda bravo comigo e mandou me chamar. Ele acha que eu já deveria ter sido promovido em São Petersburgo! Ele pensa que a vida, na grande cidade, é fácil: só chegar, receber a Ordem de São Vladimir e pendurá-la no pescoço! Desconhece as dificuldades de uma cidade grande! – respondeu Klestakov de modo ingênuo, já sem assumir ares de grandeza, tal a amenidade do ambiente e a tranquilidade que lhe proporcionava o dinheiro esquentando-lhe o bolso.

O governador sorria, complacente. Para ele, o jovem forasteiro era ótimo ator; já invocara até um pai provinciano!

– O senhor pretende ausentar-se por muito tempo? – prosseguiu o governador.

– Isso nem passa pela minha cabeça – lamentou-se –, mas não posso afirmar que não fique por lá por um bom tempo, porque meu pai é um velho teimoso, sem a visão precisa do grande mundo. Não entende que eu não desejo estragar a minha vida no meio dos camponeses, longe da capital.

O governador ouvia, deleitado. Ao mesmo tempo, media a força do adversário, porque um inspetor, afinal, vinha para inspecionar, fiscalizar. Não deixaria de ser um adversário. Mas, pelo visto, aquele era um franguinho inocente. Em breve o obrigaria a abrir o jogo, ora se não!

Nesse momento, a velha raposa da administração pública começou a tiritar de frio. Realmente, aquele quarto do hotel era úmido e pouco confortável. E foi assim que, após muitas mesuras, ofereceu-lhe hospedagem em sua própria casa, acrescentando não ser digno de tamanha honra.

A honra, evidentemente, foi-lhe concebida sem demora. Klestakov chamou o criado do hotel e, sem pestanejar, pediu-lhe a conta.

– Mas eu a entreguei ainda há pouco! – respondeu o criado.

– E você imagina que eu me lembro das suas contas sem importância? Afinal, quanto devo? – insistiu Klestakov.

– Logo ao chegar, o senhor pediu uma ceia. No segundo dia, pediu salmão e caviar... e depois, de lá para cá, tudo foi fiado! – respondeu o moço.

Klestakov, indignado, chamava o criado de cretino, imbecil, dizendo que ele estava perdendo tempo com detalhes insignificantes como aqueles.

A discussão foi prontamente interrompida pelo governador, que, num gesto cavalheiresco, ordenou que o criado se retirasse, dizendo que ele próprio mandaria saldar a dívida depois. Assim, Klestakov guardou seu dinheiro e prontificou-se a acompanhá-lo.

Antes de saírem, o governador solicitou permissão para escrever uma cartinha rápida a fim de prevenir sua mulher. Pediria a ela que se apressasse em arrumar as acomodações para o importante hóspede. Como não havia papel de carta disponível no quarto, aproveitou o verso da conta, apresentada pelo criado. Dividiu rapidamente o papel em duas partes, escrevendo numa delas um bilhete para sua mulher e, na outra, um para Artêmi Filípovitch Ziemlianka, responsável pelo estabelecimento de beneficência. Avisava-o de que ele e Klestakov estavam se dirigindo para lá.

Várias visitas haviam sido propostas ao convidado: à

escola, à penitenciária, aos estabelecimentos de caridade. Klestakov, mal refeito do susto pelo qual passara ao pensar que seria preso, preferiu conhecer o local que menos se relacionasse com coisas perigosas. Optou pelos estabelecimentos de caridade. Seria aborrecido, mas valeria a pena: afinal, teria casa, comida e roupa lavada, além de contar com dinheiro extra no bolso.

Óssip foi encarregado de levar a bagagem para a casa do governador, e Dobtchinski recebeu instruções para levar os dois bilhetes às pressas.

Ao saírem do úmido quarto de hotel, Klestakov gentilmente cedeu passagem a Dobtchinski, que tropeçou em Bobtchinski, ocupado em espiar pelo buraco da fechadura, para informar-se sobre as novidades que se sucediam no quartinho da hospedaria. Foi um tombo só!

– O senhor se machucou? – perguntou-lhe Klestakov, distraído, pensando mais no fato de ter se aliviado do seu problema do que naquele súbito acidente.

Bobtchinski, com o nariz pingando sangue, respondeu:

– Não se preocupe, não foi nada. Irei à casa do doutor Cristiano Ivánovitch, que tem uma receita ótima de emplastro, deveras milagrosa, e isso logo passará.

O governador fazia mesuras para Klestakov e caretas para Bobtchinski, como se silenciosamente o chamasse de imbecil.

Partiram todos do hotel.

Capítulo 6

Na casa do governador, mãe e filha continuavam implicando uma com a outra. Dona Ana ainda culpava Maria por estarem sem saber de qualquer notícia a respeito do inspetor. Por ser vaidosa demais – tanta demora para colocar um lacinho no cabelo, um brochinho no decote, atarraxar os brincos – é que estavam ali, ignorando os fatos essenciais sobre o importante personagem que acabara de chegar.

Maria escutava, mas não ouvia. Já estava enjoada da lenga-lenga da mãe, sempre agitada quando se tratava de novidades. Debruçada na janela, em tom enfastiado, garantia:

– Mãezinha, calma! Daqui a pouco, teremos notícias; saberemos de tudo, tim-tim por tim-tim.

Mal acabara de falar, viu alguém no final da rua, aproximando-se.

– Mamãe, corra! Tem alguém vindo para cá!

Dona Ana precipitou-se para a janela, escancarando-a.

– Saia daí e deixe-me olhar! Não consigo ver direito! Quem será?

– É Dobtchinski, mãezinha!

– Ora, que nada! Você vive imaginando coisas. Aquele ali nunca foi Dobtchinski! Mas quem será?

– É Dobtchinski! Juro que é, mãezinha! – insistiu Maria.

– Pois não é – replicou a mãe, autoritária como sempre.

Dona Ana não enxergava bem, contudo, muito mais vaidosa do que a filha, negava-se a usar óculos. Apesar disso, continuava a ser senhora da verdade:

– Não é Dobtchinski!

– É Dobtchinski, mãezinha!

Afinal, Dona Ana notou, apertando bem os olhos, que era mesmo Dobtchinski. Mas isso não fez com que ela deixasse de implicar:

– Sim, agora estou vendo que é Dobtchinski... e daí? Isso é razão para uma filha contradizer a sua mãe?

Dobtchinski acabou chegando e logo caiu nas malhas da ansiosa esposa do governador, que se esqueceu completamente de cumprimentá-lo.

– Que papelão o senhor fez! Deixou-me assim, sem saber das ocorrências, como se eu não merecesse maior consideração de sua parte! Lembra-se de que sou madrinha de Lisenka e

Vânia? Somos compadres; o senhor deveria envergonhar-se de deixar-me alheia dos pormenores sobre o forasteiro!

Dobtchinski aturou impassível toda a chateação, pois já estava habituado à tagarelice infindável de Ana. Saudou as duas damas, relatou-lhes o que acabara de presenciar e finalmente pôde cumprir a tarefa que o havia levado até lá.

– O seu marido envia-lhe este bilhetinho – disse, estendendo-lhe o papel.

Dona Ana nem sequer olhou o tal bilhetinho. Estava ávida por saber as novidades.

– Afinal, o inspetor é um militar de alta patente? Um general? Como foi tudo? Como os fatos se sucederam? Conte logo, sem demora, que já esperei demais! – gritava.

Dobtchinski passou a contar num fôlego só que o estranho, inicialmente, recebera Anton Antonóvitch com uma certa reserva, meio zangado, reclamando muito do hotel e dizendo não estar disposto a ir nem à sua casa, nem à prisão, por causa das coisas que havia descoberto sobre ele. Mas depois, quando percebeu a inocência do governador, pareceu ter mudado totalmente de opinião e acabou tudo correndo na paz do Senhor. Acrescentou que, naquele momento, ambos tinham ido visitar o hospital.

– Bem, na verdade – prosseguiu – tanto o governador como eu já estávamos preocupados, achando que talvez houvera algum comentário maldoso feito em segredo...

– O senhor? Preocupado com o quê, se não é funcionário público? – estranhou Dona Ana.

– São coisas da natureza humana: em frente a uma personalidade de grande importância, todos acabam sentindo uma certa apreensão, um medo... de denúncias...

Dona Ana achou que tudo aquilo era asneira. Queria saber de fatos mais importantes: se o visitante era moço ou velho, se tinha olhos claros ou escuros e assim por diante.

– É um rapaz jovem – respondeu-lhe o compadre –, deve ter uns vinte e poucos anos. Porém, tem os hábitos refinados de um aristocrático senhor. Declarou, com enorme elegância, que gostaria de ler, mas não o pudera fazer num quarto tão mal iluminado.

Dona Ana, encantada, queria saber todos os detalhes de sua aparência.

Dobtchinski explicou, à sua maneira confusa, que o forasteiro não era louro, nem moreno, no entanto tinha olhos muito argutos, perturbadores.

Dona Ana não se deu por satisfeita com tal informação, mas finalmente decidiu-se por abrir o bilhete que o marido lhe enviara.

– "Querida, graças ao bom Deus misericordioso, tudo está indo bem. Mande preparar depressa o quarto forrado com papel amarelo. O hóspede é importante. Você não precisa se preocupar com a comida, pois vou arrastar o homem para comer no hospital, com o Artêmi, por dois pepinos azedos e uma porção de caviar, dois rublos e cinquenta copeques..." – Ana interrompeu a leitura e dirigiu-se a Dobtchinski: – Que bilhete esquisito! O que meu marido quer dizer com isso?

– O bilhete foi escrito no verso da conta que o criado do hotel entregou ao inspetor... – explicou Dobtchinski.

– Ah, então é isso! – E voltou a ler: – "Quanto ao vinho, diga ao Abdúlin que mande o que tiver de mais fino, lá do seu armazém... que, se ele não mandar coisa boa, acabo com aquele botequim miserável! Beijo-lhe as mãos, minha querida. Do sempre teu, Anton".

Dona Ana, mal acabou de ler o bilhete, começou a correr de um lado para o outro, abalada pela novidade do tal hóspede em casa. Quanta responsabilidade em cima da hora! Gritava enquanto corria:

– Mishka! Mishka!

Mishka era o empregado. Patroas do tipo de Dona Ana acreditam-se melhor atendidas quando gritam. O rapaz logo apareceu à porta e recebeu trinta e sete ordens e meia, ao mesmo tempo: comprar vinho, preparar o quarto amarelo, ajeitar a entrada, arrumar as flores, dar brilho nos copos, entre tantas outras coisas.

Dobtchinski aproveitou a afobação de Dona Ana e escapuliu para o hospital. O ilustre hóspede iria comer lá; era importante ajudar a afugentar as baratas e os ratos! Depois de dar as ordens, Dona Ana chamou a filha:

– Maria, seu pai e o inspetor daqui a pouco estarão aqui. Precisamos decidir o que vestiremos para receber nosso ilustre hóspede. Você usará aquele vestido azul e eu o alaranjado.

– Mas, mamãe! Quero vestir o estampado e acho que para você o alaranjado não fica bem, não combina com seus olhos...

– Você só diz bobagem! É justamente por combinar com meus olhos que escolhi o alaranjado!

Este foi o inicio de uma longa discussão, que começou na sala e continuou no quarto de vestir, em meio a adereços, sapatos, lencinhos de seda...

Enquanto isso acontecia, Óssip chegava, exausto, à casa do governador. Vinha com a mala na cabeça, xingando a ladeira, a fome, a vida. Ao entrar na sala, quase deu um encontrão em Mishka, que caminhava apressado, carregando balde, vassoura e espanador. O rapaz abriu um sorriso e perguntou a Óssip:

– Ô amigo, escute aí: o general vai chegar agora?

– Que general? – estranhou Óssip.

– Seu patrão não é general? – insistiu o criado.

– Só se for general da banda.

Mishka ficou em dúvida e perguntou:

– General da banda é mais ou menos importante do que general do exército?

Óssip, que quase desmaiava de fome, respondeu:

– Mais, muito mais. Escute, já percebi que você é um rapaz muito inteligente; vá à cozinha e arranje-me o que comer.

Mishka, nervoso, explicou:

– Mas a comida que temos é simples demais para tão alto empregado de um general da banda... Olhe, talvez fosse melhor esperar e jantar junto com seu patrão. Aqui, no momento, só há uma comidinha à toa: sopa, mingau e pastéis.

Óssip, quando ouviu tais palavras, arrastou Mishka para a cozinha:

– Sopa, mingau e pastéis? Que santas palavras!

Capítulo 7

Klestakov havia comido regiamente e não poupara louvores ao tempero do peixe, à excelência da sobremesa, tudo do bom e do melhor. O governador explicava que ali, naquela cidade, era assim que todos tratavam os visitantes.

Klestakov, de barriga cheia, palitava os dentes satisfeito e ainda repetia:

– Que delícia... E como é mesmo o nome daquele peixe fantástico? Bacalhau? É extraordinário! Nunca vi um hospital assim, com comida de restaurante de primeira! Sem doentes, as camas vazias, limpas; tudo tão calmo e agradável!

O governador afirmava que ali, naquele hospital, era assim mesmo:

– Os doentes chegam e logo saem, curados, num abrir e fechar de olhos! Tudo isso se deve à austeridade com que eu administro os estabelecimentos públicos.

Klestakov ouvia, embevecido. Anton Antonóvitch explicava que tudo no seu governo era feito com base na fé em Deus, na consciência limpa e na alegria pura de agir conforme os mandamentos divinos e humanos. O resultado era aquele que Klestakov constatava.

– Porque a doença aqui não tem vez... – continuava, animado pelo vinho – as ruas asseadas, os presos bem tratados, os funcionários públicos bem remunerados... tudo isso num empenho meu, pessoal, pelo povo. Amo o povo. Sonho todas as noites com o povo. E, ao despertar, só penso no meu povo!...

Artêmi ouvia, abismado. Realmente, o governador era bom de papo; político vivido, sabia engambelar os ouvintes, demonstrando uma verdadeira vocação para a vida pública! Com certeza recebera esse dom de Deus!

Klestakov não tardou a inventar vantagens sobre si próprio. Explicou que era dado a meditações e que gostava de escrever em prosa e em verso.

Bobtchinski ouvia, em êxtase, bebendo cada palavra do ilustre visitante e cochichando para Dobtchinski que o forasteiro era de uma cultura inigualável e de uma fineza sem-par!

Na realidade, depois de comer tão bem, Klestakov ficou com vontade de voltar às queridas mesas de jogo, seu passatempo predileto.

– Senhor governador, por acaso aqui não há reuniões sociais, em que possamos jogar cartas ou coisas assim?

O governador, homem prevenido, desconfiou logo que aquela pergunta tinha um certo ar de inspeção, que tencionava descobrir fatos inconfessáveis...

– Não, nunca! Garanto-lhe que nesta cidade, por obra e graça de Deus, nem se fala em semelhantes reuniões, coisas do demônio. Tenho pavor de baralho, pavor! Todo o meu tempo é dedicado a governar e a servir a pátria amada.

Ao ouvir essas palavras, Artêmi teve um acesso de tosse: na noite anterior ele havia perdido cem rublos no costumeiro carteado semanal com o governador. Este, embaraçada com a repentina tosse do amigo, propôs que fossem todos para a sua casa.

Dona Ana e Maria, muito enfeitadas, farfalhantes em sedas e brocados, surgiram logo que a comitiva chegou à residência do governador. Feitas as apresentações, Klestakov, imediatamente, pôs-se a cortejar a dona da casa. Dizia algumas palavras em mau francês e fazia mesuras. Dona Ana, olhos baixos, sorria e suspirava, dizendo:

– Mas como é que o senhor pode me dizer tantas bondades? Eu sou uma pessoa do campo... e o senhor... um ilustre habitante de São Petersburgo, conhecedor das belezas das grandes cidades...

Klestakov a interrompia:

– É no campo que existem as mais delicadas flores, as frutas mais saborosas... Depois de sofrer as agruras de um hotelzinho medíocre, aconteceu o lado encantador desta história: ser recebido, com tanta gentileza, por tão formosa senhora, numa casa tão acolhedora.

Foi um rasgar de sedas, de lado a lado. Klestakov, sentindo que era venerado por todos, começou a exibir-se, tal qual um pavão: contou que conhecia belíssimas atrizes e que até escrevia peças de teatro, sendo amigo íntimo de Púchkin, famoso escritor e poeta russo. Observando o deleite com que os presentes o escutavam, ousou ainda mais:

– Sou autor de inúmeras peças de teatro famosas, como *Tartufo*, *As bodas de Fígaro* e outras tantas. Publiquei todas elas sob pseudônimos diversos.

Afirmou ainda ser escritor por profissão, mas, dentre todos os seus predicados, a arte de bem receber o tornara famoso na capital:

– Toda São Petersburgo sabe o meu endereço! E, quando forem para lá, convido-os para meus bailes, minhas ceias, meus melões... Os melões que sirvo custam caríssimo! Condes, barões e embaixadores são meus convivas diários... E minha vida profissional, meu lado funcional, esse, realmente, me dá muito trabalho: no ministério eu dirijo um departamento completo, pois comigo é tudo na exatidão. Quando atravesso uma sala, os funcionários estremecem de medo. Tentei recusar esse cargo – porque pretendia me dedicar apenas à literatura –, mas temi que o czar se desgostasse com minha recusa.

De fato, depois de tal discurso, todos os presentes ficaram trêmulos. Klestakov falava, falava e todos arregalavam os olhos. Quanta hierarquia!

Finalmente foi convidado, com muitas mesuras, a conhecer seus aposentos acompanhado pelo governador. Assim que Klestakov saiu, Dona Ana, rosada de emoção, segredou para a filha:

– Adoro moços assim, tão... tão aristocratas, com maneiras tão delicadas... Filha, você reparou como ele olhou para mim?

– Foi para mim que ele olhou o tempo todo! Lançava-me cada olhar sedutor...

Novamente, filha e mãe discutiram, desta vez com mais veemência.

Dobtchinski e Bobtchinski indagavam-se sobre a patente do inspetor: será que aquele ilustre visitante era general ou almirante?

Artêmi acabou confessando:

– A verdade é que todos estamos apavorados! Nem nos vestimos com gala, como seria conveniente, para receber tão ilustre inspetor!

Ao dizer a palavra *inspetor*, a voz do diretor do hospital soou como um balbucio aflito, como se estivesse no confessionário. E se o tal inspetor resolvesse que no dia seguinte devia enviar uma denúncia acerca daquela aldeia aos seus chefões de São Petersburgo?

Quando os convidados se retiraram, o governador, mais à vontade, somente na presença da filha e da mulher, relaxou, deixando-se cair numa poltrona. Repassava os acontecimentos. Seria mesmo verdade tudo o que aquele inspetor dissera? Se apenas metade fosse verdade (e devia ser, pois o inspetor bebera muito e a bebida faz com que se diga a verdade), o governador estaria em maus lençóis!

– Será que o homem é mesmo tão importante? Talvez tenha mentido um pouquinho, para enfeitar a conversa... Ele disse que joga cartas com gente graúda, até com ministros... Que costuma frequentar o palácio... Ai, que aflição! – resmungava o governador.

Dona Ana, ao contrário do marido, suspirava, no auge

da felicidade: o ilustre hóspede de São Petersburgo, figura importante da sociedade, havia feito elogios enfáticos à sua beleza, graça e elegância.

– Ora, querido, ele é apenas um homem culto. Mas não se preocupe! Eu e Maria somos mulheres atraentes, daremos um jeito! Nós duas sabemos certas coisas...

O governador nem prestou atenção à sua mulher, muito menos entendeu o que ela tentava insinuar. Arriado na poltrona, ele só falava de assuntos que o preocupavam: do inspetor e de uma possível denúncia aos generais e aos ministros de São Petersburgo.

O que mais o afligia era a maneira como Klestakov fazia uso de rodeios para referir-se ao que quer que fosse. Com certeza, eram apenas meias verdades, e ao dizê-las ele visava confundir os ouvintes a fim de manter o lado secreto da sua missão Por outro lado, porém, o governador havia ficado perplexo com o aspecto singelo, quase camponês, do visitante. Quem não soubesse ou não tivesse sido avisado por um amigo fiel, como ele o fora através da carta que recebera pela manhã, jamais acreditaria que aquele rapazote magricela, pequeno e pálido fosse alguém de tanta importância. Enfim, o que restava de bom em tudo isso era a pouca idade do inspetor. O governador era uma raposa velha. Saberia sair da enrascada. Com a ajuda divina, claro!

Nesse exato momento, Óssip surgiu na sala e foi rodeado pelas duas mulheres. Cada uma queria saber mais coisas sobre Klestakov.

– É verdade que o seu patrão recebe em São Petersburgo só a nata da sociedade?

– É verdade que o seu patrão é muito respeitado... e rico?

Óssip, que não era bobo, resolveu aproveitar-se da situação e inventou que Klestakov era o que havia de mais digno, ordeiro e exigente.

– Meu patrãozinho, além de tudo, é ótimo garfo, adora uma boa comida... E faz questão de que eu também receba o que há de melhor nos lugares onde eu fico. Sempre me pergunta, quando está hospedado em casa de amigos, se fui bem tratado e se comi bem. É muito preocupado com o meu bem-estar.

É lógico que, com tal conversa, Óssip saiu com os bolsos recheados de gorjetas, para que fosse dar um passeio, tomar uns tragos e comer uns pasteizinhos.

No portão da residência do governador, Óssip deparou com soldados que para lá haviam sido chamados a fim de impedir a entrada de pessoas incômodas, portadoras de algum tipo de queixa a respeito da administração da cidade. O governador foi categórico nas ordens que deu à tropa, embora falasse baixo para que o inspetor, que cochilava lá em cima, não ouvisse:

– Fiquem de guarda e não deixem entrar nenhuma pessoa estranha, sobretudo se essa pessoa tiver um ar descontente. Se alguém se aproximar daqui com cara de quem vai fazer alguma queixa referente à minha pessoa ou à minha administração... fora com ela, mesmo que seja com pontapés e cacetadas. Mas sejam discretíssimos, entenderam?

Os soldados entenderam. Estavam acostumados a entender tais missões, ora se estavam.

Capítulo 8

Além dos soldados, que vigiariam a sua honra, Anton Antonóvitch achou por bem chamar à sua casa a cúpula dirigente de Kolmogor, para uma nova reunião. Compareceram todos, vestidos a rigor, muito empertigados, em atitude da mais perfeita ordem e disciplina. Tenso, o governador, no meio de um círculo fechado, sussurrou-lhes o motivo da convocação:

– Precisamos estar atentos, unidos na mais plena coesão. O homem é pessoa de confiança da mais alta ala do ministério em São Petersburgo. Muito cuidado, muita atenção, muita fé em Deus!

Nunca o governador fora tão verdadeiramente religioso. Falava em Deus a cada instante, aproveitando as pausas para rezar. As dificuldades iminentes, os perigos ocultos faziam brotar preces e ladainhas dos seus lábios trêmulos.

Artêmi, o diretor do hospital, resolveu ir direto ao assunto:

– Acho que devemos "adoçar" os bolsos do ilustre visitante.

– A ideia é razoável, mas não sei como fazê-lo de forma elegante – disse o governador. – É arriscado; ele pode se ofender.

– Tenho uma ideia: podemos dizer a ele que chegou uma quantia em seu nome pelo correio! – exclamou o chefe dos correios.

O governador achou que esse engodo poderia ser descoberto e, se o inspetor resolvesse se zangar, talvez mandasse o chefe dos correios para a cadeia. Suborno, em lugares civilizados, é coisa refinada, não pode ser feito de qualquer maneira!

A conversa estava fascinante. Afinal, todos os presentes eram grandes especialistas em falcatruas. Porém desta vez o problema era muito mais sério: subornar um pequeno funcionário era coisa corriqueira, mas qual seria o caminho para subornar gente tão graúda?

Resolveram que o inspetor não poderia ser "adoçado" por todo um grupo, de forma tão deselegante. Cada um entregaria particularmente a sua contribuição, e a maneira para fazê-lo dependeria da habilidade de cada um. O difícil era saber quem começaria. Todos estavam apavorados. Finalmente, por unanimidade, o juiz foi escolhido:

– O senhor fala bem e é representante da justiça. Nada melhor do que um eminente juiz para um eminente inspetor – disse alguém.

– Não quero ser o primeiro! – protestou o juiz, tomado pelo pânico.

Enquanto ele tentava argumentar, ouviram os passos de Klestakov, que saía dos seus aposentos. Foi um salve-se quem

puder: todo mundo fugiu, aos encontrões e pisadelas. Restou somente o juiz Amós, sozinho na sala.

Klestakov entrou, resmungando sonolento:

– Que dor de cabeça infernal! Deve ser por causa do vinho. Mas não é má esta aldeiazinha. Além de tudo, a filha do governador é interessante. Até a velha é bem conservada... Opa, boa tarde, senhor...

O juiz procurava disfarçar a tremedeira que vitimava os seus joelhos – ao baterem um no outro, faziam tilintar as esporas; mais uma vez esquecera de retirá-las. Felizmente, Klestakov convidou-o a sentar-se. Amós, cheio de rodeios, identificou-se, dizendo:

– Tenho a imensurável honra de apresentar-me: sou Amós Fiodoróvitch Liápkin-Tiápkin, humilde servidor e juiz do tribunal.

Enquanto falava, tentava esconder o maço de rublos destinado a Klestakov, já devidamente separado para ser entregue na primeira oportunidade.

Percebendo que o juiz apertava alguma coisa na mão, o inspetor perguntou sem rodeios:

– O que é que o senhor está segurando?

Amós, envergonhado, deixou cair o dinheiro. Estava tão perturbado que já se via preso, por tentativa de suborno, antes mesmo de ter proferido qualquer palavra a respeito.

– Não, não é nada! – respondeu o juiz, apavorado por ter sido pego em flagrante.

Klestakov, vendo as notas pelo chão, abaixou-se e apanhou-as. Foi direto ao assunto:

– O senhor poderia emprestar-me essa quantia?

O juiz, que esperava ouvir sua sentença de morte, quase caiu de joelhos, dizendo:

– Empresto, sim. Muito obrigado, muito agradecido!

Klestakov, sem entender a razão de tantos agradecimentos, explicou que naquela viagem gastara além do programado, mas tão logo chegasse a sua casa mandaria o dinheiro de volta.

O juiz, aliviado, assegurava ser uma grande honra poder prestar-lhe um favor.

– Não se preocupe! Existe alguma outra coisa que o senhor deseje? Algo em que a justiça possa servi-lo, através da minha pessoa?

– Uma ordem minha ao juiz? – perguntou Klestakov espantado.

Lembrou-se então de algumas dívidas de jogo que poderiam um dia vir a aborrecê-lo na justiça e acrescentou:

– No momento não tenho problemas legais, mas agradeço a sua oferta.

O juiz fez uma curvatura e, embora saísse da sala tropeçando, sentiu um alívio nunca antes experimentado.

– Boa pessoa esse juiz – disse Klestakov, contando as notas que recebera de Amós.

Havia chegado a vez do chefe dos correios. Shpékin declarou:

– Com a sua licença, passo a apresentar-me: sou o conselheiro Shpékin, chefe dos correios, à sua disposição.

Klestakov começava a se animar diante de tanta cortesia. O próprio governador o hospedara em sua casa, o juiz lhe emprestara dinheiro... Qual surpresa o aguardaria agora? Ele pensou em arrancar também de Shpékin uma pequena soma em dinheiro. Por que não? O pessoal daquela cidadezinha era tão hospitaleiro e gentil, não custava tentar. Iniciou uma conversa amena.

– Acho que estou começando a gostar muito desta cidade pequena. Até numa aldeia a gente pode ser feliz, não é?

– Exatamente, é a mais pura verdade, Excelência.

– Afinal de contas, o que será a felicidade? Não é suficiente que um homem seja amado e tenha o respeito dos seus amigos? – perguntou.

– É verdade, é verdade – concordava o chefe dos correios.

E, como ele concordasse com tudo, Klestakov deduziu que também concordaria em fazer-lhe um empréstimo. Foi ao ponto crucial da questão.

– Imagine o senhor que, devido a uns contratempos na viagem, eu fiquei sem dinheiro. O senhor poderia emprestar-me uns trezentos rublos?

– Sem dúvida! Com muita honra! – respondeu Shpékin apressadamente. – Neste instante, sem demora, está aqui mesmo!

Curvou-se, profundamente grato, enquanto entregava o dinheiro e ainda se ofereceu para acompanhar o inspetor aos correios: talvez o eminente visitante desejasse verificar se tudo estava correto, ou apontar algum defeito no andamento do serviço. Klestakov agradeceu, estranhando divertidamente aquela atitude, semelhante à do juiz, e assegurou-lhe que não pretendia, de modo algum, averiguar se havia qualquer falha em seus serviços. Aliviado, Shpékin fez uma nova reverência e partiu, mais rápido do que um pombo-correio.

Mal havia abandonado a sala, Lucas entrou e, antes que sua coragem sumisse, foi logo se identificando com grande pompa:

– Tenho a imensa honra de apresentar-me: sou Lucas Lukitch, humilde diretor da escola desta cidade.

Klestakov, que a essas alturas já se sentia o rei daquela pequena aldeia, convidou-o a sentar-se e ofereceu-lhe um charuto. Lucas, aflito, não sabia se aceitava. Se aceitasse, poderia parecer ao inspetor que a escola era dirigida por um fumante viciado... Talvez aquele gesto escondesse uma cilada!

Klestakov, muito à vontade, nem percebeu a aflição da pobre criatura.

– Esses charutinhos são de boa qualidade, não tema. Aceite um – disse, riscando um fósforo para incentivar Lucas.

Como o diretor da escola não se decidisse a acender o charuto, Klestakov perguntou se ele não fumava.

– Eu... fumo... mas, se o senhor achar que não devo, deixo de fumar imediatamente! – respondeu, nervosíssimo.

Klestakov ria, soltando grossas baforadas. Lucas, vencido pela timidez, atrapalhou-se tanto que acendeu o charuto pelo lado errado.

Klestakov, dono da situação, divertia-se com o acanhamento de Lucas e resolveu encabulá-lo ainda mais.

– Pois eu, caro diretor da escola, eu adoro fumar. É o meu vício predileto, fora o outro.

– Qual outro? – perguntou o escandalizado Lucas, já imaginando que aquela confissão devia ter motivos secretíssimos. Talvez o inspetor estivesse supondo que ele, Lucas, fosse um depravado e estivesse testando-o moralmente para verificar se era mesmo digno daquele cargo que requeria tanta responsabilidade.

– Adoro charutos e mulheres! E o senhor? Gosta mais das louras ou das morenas, hein? – perguntou Klestakov.

Lucas gaguejava, estupefato, não sabendo como se sair daquela conversa inoportuna.

Klestakov insistia:

– Diga, diga: louras... ou morenas?

Lucas tomou coragem e balbuciou uma resposta complicada, não dizendo coisa com coisa. Acabou pedindo desculpas ao inspetor:

– O senhor me perdoe, sou um grande tímido, Alteza... quero dizer... Excelentíssimo ins...

Nesse momento Lucas sentiu vertigens: quase foi traído pela sua apreensão, deixando escapar a secreta condição do nobre visitante.

Klestakov nem percebeu o que o pobre Lucas ia dizendo. Envaidecido com o embaraço provocado num diretor de escola (logo ele, que nunca fora um aluno brilhante), não teve mais nenhuma dúvida sobre a sua personalidade forte e devastadora.

– O senhor fica muito tímido na minha presença? Pois é, não sei o que tenho que intimido os outros! Devem ser os meus olhos inquisidores. As mulheres não têm resistido ao meu olhar. O senhor, o que acha dos meus olhos? – perguntou Klestakov, piscando.

Aquilo já era demais! O diretor da escola não sabia o que fazer e muito menos o que dizer. Suava frio, respirando como quem tivesse corrido léguas sem parar. Com uma voz rouca, completamente sem jeito, respondeu:

– Senhor Klestakov... eu acho... seus olhos perturbadores!

Depois de dizer tal coisa, Lucas ficou sem saber como continuar a conversa. Aquela frase, dita assim, poderia adquirir um significado indesejável. E se o inspetor captasse esse outro sentido e resolvesse escrever para São Petersburgo dizendo que o diretor da escola não fumava, nem tinha preferência por mulheres?

Klestakov aproveitou a aflição de Lucas e deu o golpe. Afinal, já adquirira prática e achou que a conversa se estendera o suficiente para poder pedir os trezentos rublos de praxe, contando a mesma história de sempre.

Lucas, num gesto de júbilo, enfiou a mão no bolso. Enfim, enfim, havia chegado o grande momento da sua contribuição pessoal, que o livraria de todos os medos que pudessem se relacionar a denúncias. Mas aconteceu algo imprevisto: o dinheiro tinha sumido do bolso! Lucas o procurava, apalpando-se avidamente, curvando-se em mesuras. Ao enfiar a mão no bolsinho do colete, encontrou um maço e berrou:

– Ai, graças a Deus! Encontrei! Seria horrível se não o encontrasse! Adeus!

Entregou-o e saiu, com as faces em fogo. Que conversa perigosa, que situação terrível!

Klestakov divertia-se cada vez mais. Que cidade estranha! Que gente pitoresca!

Eis que entra Artêmi. Tal como seus colegas que o precederam, cumprimentou o inspetor com servilismo:

– Estou muito honrado em revê-lo, senhor. Sou o diretor do hospital, Artêmi Filípovitch Ziemlianka, às ordens. Já estivemos juntos antes, no nosocômio que dirijo, onde o senhor teve a bondade de almoçar. Talvez não se recorde de mim, dada a sua condição de recém-chegado a esta cidadezinha, com tanta gente nova para conhecer...

– É claro que me lembro. Adoro comer bem e aquela refeição estava deliciosa!

– Fico satisfeito em bem servir o meu país e nisso se inclui o zelo com a comida do hospital – disse Artêmi. E pensou: "Sobretudo em dias tão importantes, como os de visita de altas autoridades".

Artêmi, na verdade, era daquele tipo meloso que adula os poderosos. Para agradar ainda mais, pôs-se a contar os podres de todos os seus colegas. Falou mal do chefe dos correios, contando que as cartas demoravam demais para chegar... quando chegavam! Depois criticou o juiz, dizendo que se tratava de um relapso: vivia caçando e, quando ia desempenhar suas funções de magistrado, nem se dava ao trabalho de tirar as esporas, uma vergonha! Além disso, levava sempre consigo cachorros de caça, que ficavam latindo na sala do tribunal; aquele recinto já se assemelhava a um canil. Acrescentou ainda o fato de o juiz não ser dos mais corretos em termos de justiça. Havia mais: ele tivera um envolvimento antigo e escandaloso com a mulher de Dobtchinski. Coitado do marido: os seus filhos se pareciam com o juiz!

Klestakov ouvia, encantado. Finalmente aconteciam novidades naquele fim de mundo! Apesar de banais, eram suficientes para distrair um pouco; era engraçado, não havia dúvidas.

Através de Artêmi, Klestakov soube também que o diretor da escola era um corrupto. O maledicente justificava-se por contar tudo isso: caso o inspetor quisesse mandar uma carta para São Petersburgo, aquele era o retrato fiel da cidadezinha, infelizmente.

Klestakov ouvia com ar muito sério, rindo por dentro. De vez em quando interrompia-o, pedindo a seu interlocutor que declinasse novamente o seu nome, pois ele sempre o esquecia. Mas o diretor do hospital não ficava aborrecido e repetia, fazendo mesuras:

– Meu nome é Artêmi Filípovitch Ziemlianka, um simples nome para vos servir!

Artêmi só falava sobre outras pessoas, o que tornava a conversa árida para assuntos mais íntimos. Percebendo isso,

Klestakov sabiamente conduziu-a por caminhos mais apropriados ao iminente golpe do empréstimo:

– O senhor tem filhos?

– Filhos? Tenho dois meninos e três meninas.

– Ah, sim? E como se chamam?

– Ivan, Nicolau, Anastácia, Isabela e Maria.

Artêmi pensou que aquela brusca mudança de assunto era a maneira mais delicada que o inspetor encontrara para mostrar-lhe o quanto ele o enfadava. Tratou de despedir-se:

– Acho que já tomei muito do seu precioso tempo. O senhor certamente tem assuntos importantíssimos a tratar.

Quando ele se levantou, o inspetor cuidou de agir com maior rapidez:

– Escute, senhor... Como é mesmo o seu nome?

– Artêmi Filípovitch Ziemlianka, às suas ordens.

– Escute, senhor Artêmi Filípovitch Ziemlianka, ocorreu-me um imprevisto durante a viagem e acabei ficando sem dinheiro. Por acaso o senhor poderia emprestar-me quatrocentos rublos?

– Pois não, senhor – e, desembolsando a quantia, entregou-a a Klestakov. – Aqui está.

– Muito obrigado.

Assim, Artêmi saiu, feliz da vida e aliviado.

Mal Klestakov havia guardado o dinheiro, surgiram Bobtchinski e Dobtchinski, os fazendeiros.

– Pedro Ivánovitch Bobtchinski, às suas ordens.

– Pedro Ivánovitch Dobtchinski, às suas ordens.

Klestakov olhava para eles imaginando se ainda teria lugar nos bolsos para mais dinheiro.

– Ah, sim, lembro-me dos senhores. – Voltou-se para Bobtchinski: – Foi o senhor que machucou o nariz, não foi?

– Sim, sim, mas, como vê, já estou bem, obrigado.

Klestakov resolveu abreviar a conversa e ir diretamente ao assunto:

– Os senhores têm dinheiro para me emprestar?

— De quanto o senhor precisa?
Desta vez a quantia cresceu:
— Estou precisando de mil rublos.
Os fazendeiros começaram a revistar os bolsos e conseguiram juntar ao todo quarenta rublos, que Klestakov recebeu com muito prazer.
Dobtchinski criou coragem para fazer um pedido ao inspetor:
— Senhor, eu queria pedir pelo meu filho que nasceu antes do meu casamento... Eu gostaria que ele fosse legitimado. Isso seria possível?
Klestakov garantiu que não via nada contra tal possibilidade. Dobtchinski, radiante, curvou-se três vezes, em sinal de gratidão.
Depois, veio o pedido de Bobtchinski:
— Será que o senhor, quando voltar à corte, poderia mencionar aos nobres de lá que aqui, nesta cidade, mora Pedro Ivánovitch Bobtchinski? Poderia fazer-me este imenso favor?
Klestakov garantiu que atenderia àquele pedido, e os dois fazendeiros, executando muitas reverências, retiraram-se felizes.
A essa altura, evidentemente, Klestakov já desconfiava que estava sendo confundido com alguém muito importante, só não sabia quem seria. Divertia-se e beneficiava-se com isso.
Resolveu até seguir o conselho de Artêmi e mandar uma carta para São Petersburgo. Escreveria para um colega, jornalista, que daria boas gargalhadas e talvez aproveitasse as incríveis histórias daquela aldeia para criar um artigo. A situação era deveras cômica, além de financeiramente muito, mas muito atraente!
Klestakov, deliciado, pôs-se a redigir a carta.

Capítulo 9

Óssip, depois de empanturrar-se com pastéis e bebidas, pôs-se a pensar em tudo o que estava acontecendo e começou a ficar preocupado. Afinal, ele era esperto e sabia que essa história não poderia acabar bem. Por certo, estava havendo alguma confusão: seu reles patrãozinho devia estar sendo confundido com uma pessoa de respeito e, quando o pessoal descobrisse, os dois poderiam ter um fim nada agradável.

Assim raciocinando, resolveu ir ao encontro de Klestakov e falar de sua aflição:

– Patrãozinho, tanto o senhor como eu estamos de barriga cheia, tudo está sendo bom enquanto dura; mas acho que está na hora de a gente dar no pé. Esse pessoal deve estar pensando que o senhor é algum general e já, já descobrem a verdade. Vamos embora enquanto é tempo!

Klestakov, no entanto, ainda estava terminando de escrever a carta para seu amigo. Ao relembrar os fatos, dava gostosas gargalhadas. Feliz, com os bolsos transbordando de rublos, resolveu que ficaria por mais um dia.

Óssip insistia, aflito:

– Patrãozinho, estou morrendo de medo, vamos embora! O senhor já se divertiu bastante. Já estamos aqui há dois dias, cuidado com esse povo! Eles parecem criaturas ingênuas, mas... Além disso, o senhor seu pai deve estar possesso com a sua demora.

Ao ouvir a palavra *pai*, Klestakov estremeceu.

– Está bem, está bem... Mas, antes de qualquer coisa, leve esta carta ao correio. E exija que seja enviada imediatamente, pelos cavalos mais velozes deste lugarejo.

O empregado continuava aflito:

– Patrãozinho, que tal a gente mandar um criado do governador levar esta carta ao correio? Assim eu aproveito e já vou aprontando as coisas, fazendo as malas...

Klestakov, despreocupado, consentiu. Calmamente pediu ainda a Óssip que fosse buscar uma vela para lacrar a carta e murmurava enquanto sobrescritava o envelope:

– Vou mandar para seu último endereço. Esse meu amigo vive se mudando por falta de pagamento do aluguel... E lá se foi Óssip, à procura de alguém que despachasse a carta.

– Ei, você aí! Leve esta carta para o correio, depressa. Olhe, não precisa selar, diga ao chefe que é de um altíssimo funcionário! E mande também preparar uma boa carruagem, a melhor carruagem que existir, para o meu patrãozinho.

Tomou fôlego e prosseguiu:

– E tem mais: a carruagem não vai ser paga, porque nós viajamos pelo governo, entendeu? É uma viagem oficial!

No meio dessa confusão, Klestakov continuava agindo com a maior calma. Apenas Óssip estava apavorado com o que pudesse vir a acontecer, caso o engano fosse descoberto de uma hora para outra.

Nesse meio tempo, Klestakov ouviu uma gritaria em frente à casa e foi ver do que se tratava.

Guardas armados tentavam impedir que pessoas enfurecidas se aproximassem. Quando Klestakov chegou à varanda, o tumulto aumentou. Os guardas empurravam para fora dos jardins um sem-número de pessoas exaltadas. Conseguiu ouvir algo no meio da gritaria:

– Somos comerciantes, gente de bem, e exigimos o direito de falar com ele!

Com quem desejariam falar os tais comerciantes? Seria com o governador? Klestakov, não compreendendo o que se passava, mandou que Óssip fosse se informar.

Rapidamente, o criado trouxe a notícia a Klestakov:

– Esse pessoal aí fora faz questão de falar com o senhor, meu patrãozinho... Ai, o que será agora?

Realmente, Klestakov devia estar sendo confundido com outra pessoa. Tanto melhor: assumiria o jogo! Do alto da sua importância deu ordem aos soldados para que deixassem entrar os manifestantes. Já na sala, começou a argui-los:

– O que os senhores desejam de mim?

Um dos comerciantes tomou a palavra:

– Queremos nos queixar do governador! É um sujeito sem caráter, que abusa do poder...

– E ainda usa da força para mandar espancar quem não cumpre as suas vontades! – ouvia-se outra voz.

– Como este eu nunca vi! Quando nós, do comércio local, recebemos a notícia de que o governador vai passar por perto de nossas lojas, tratamos de esconder as mercadorias, porque ele se apodera de tudo: do que há de bom e até do que há de pior qualidade, não lhe importa!

E foi assim que Klestakov recebeu denúncias e reclamações contra o governador. Ele ouvia a todos, exclamando:

– Mas então o governador é um bandido, um assaltante!

– É verdade, Excelência, é verdade! Nunca tivemos um governador que fosse igual a este! Ele é um bandido, uma peste, um abusado! Exige presentes no dia de Santo Antônio, porque o desgraçado se chama Anton, e no dia do seu aniversário; não contente com isso, ainda inventa outras datas, como o dia de um santo que ele garante ser o padroeiro dos governadores! Se não levarmos presentes, ai de nós! Ele ordena que os soldados nos deem uma lição, ou então fecha a loja.

Os comerciantes pediram-lhe que mandasse o governador para bem longe dali, assim a cidade poderia voltar à tranquilidade. Num gesto de gratidão, ofereceram a Klestakov sacos de açúcar e um barril de vinho.

O impostor estava radiante com a generosidade do povo daquela aldeia. Sentiu que tinha chegado a hora de aplicar o célebre golpe. Pensou rápido.

– Senhores, estou horrorizado com os fatos relatados e é meu dever tomar as providências necessárias. Não posso aceitar estes presentes. O que eu aceito, no momento, para poder viajar tranquilo, é um empréstimo de trezentos rublos, pois aconteceram contratempos durante a minha viagem. Logo que chegar a minha casa, devolverei o dinheiro aos senhores. Mas não pensem em dar-me presentinhos, isso seria suborno. Eu só poderei, na minha honestidade, receber tal soma, que será prontamente devolvida.

Os comerciantes aumentaram a quantia: trouxeram-lhe quinhentos rublos sobre uma bandeja de prata, pedindo a Klestakov que também a aceitasse, não como suborno, mas somente como uma recordação.

O nosso personagem acabou recebendo os sacos de açúcar, os rublos e a bandeja de prata. Prometendo que faria pelos comerciantes tudo o que fosse possível, ia aumentando sua bagagem.

Nesse instante, gritos de mulheres abafaram o discurso de klestakov, que se aproximou da janela.

– Excelência, ouça-me! – era uma mulher que, aos trancos, abria caminho entre a multidão. – Venho aqui para pedir-lhe que me proteja daquele sujeito...

– A mim também! – disse outra mulher.

Eram a viúva que fora espancada e a mulher do carpinteiro, cheias de reclamações contra o governador.

– Falem, mas, por Deus, cada uma por sua vez! – reclamou Klestakov, já atormentado com tanto falatório.

– Pois não! – respondeu a mulher do carpinteiro, tomando a dianteira. – Desejo o pior castigo ao governador. Ele fez com que eu ficasse sozinha, mandando o meu marido para o exército! Isso é ilegal, pois ele é casado!

A viúva atropelou-a:

– E eu, que fui espancada por engano? Havia uma briga na feira, as culpadas fugiram quando a policia chegou e quem recebeu os maus-tratos fui eu!

O vozerio aumentava. O ouvinte já estava tonto com o burburinho. Resolveu acabar com aquele suplício.

– Está bem, está bem, vou colocar tudo nos lugares! Mas por agora é só! Chega!

No entanto a multidão de queixosos afluía cada vez mais à sua janela. Desesperado, Klestakov ordenou a Óssip que a fechasse. O criado teve também de correr à porta e expulsar um homem com a boca inchada e um pano amarrado na cabeça, que já estava invadindo a casa.

Capítulo 10

Klestakov tentava se refazer da confusão provocada pelos comerciantes, quando a bela Maria, filha do governador, surgiu na sala. Logo que o viu, assustou-se ou fingiu ter se assustado. Baixou os olhos e deixou escapar um gritinho delicado:

– Ai!

Klestakov percebeu sua presença.

– Assustou-se, senhorita? – perguntou.

A dissimulação de Maria aumentou.

– Eu... eu não me assustei, não! – respondeu.

Ela falava arfando, como se tivesse ficado amedrontada por ter encontrado o rapaz. Este, ao se ver sozinho com a moça, adoçou a voz:

– O que a traz aqui, senhorita? Quero saber por que me honra com tão bela presença...

Maria, cândida, ainda com os olhos baixos, inventou uma mentira:

– Eu achei que minha mãe estivesse por aqui... perdão, devo estar incomodando o senhor, que, com certeza, tem assuntos muito importantes para resolver...

– Senhorita, garanto-lhe que nada é mais importante para mim do que poder olhar os seus belos olhos. A senhorita jamais poderia incomodar-me... muito pelo contrário: a sua presença só pode proporcionar-me um enorme prazer!

Maria suspirou.

– Confesso ao senhor que sou uma pessoa simples, não compreendo a linguagem elegante de São Petersburgo... – explicou, cheia de dengo.

Klestakov ofereceu-lhe uma cadeira:

– Por favor, senhorita, sente-se. Embora para tão bela princesa este simples assento seja muito pouco. É uma pena não haver aqui um trono!

– Desculpe-me mais uma vez, senhor, mas preciso ir embora... – insistiu Maria, sentando-se.

Klestakov cortejava-a dizendo frases que a encantavam, fazendo-a suspirar. Maria, pudicamente, mudava de assunto, falava do tempo. O jovem exaltava tanto a sua beleza que ela lhe pediu que escrevesse um poema em seu álbum de recordações. Klestakov prometia tudo, dizia que conhecia tantos poemas que nem sabia qual escolher. Talvez, preferisse dizer-lhe simplesmente que a amava...

Maria, entre deliciada e assustada com aquelas declarações, baixou novamente os olhos. Disse que nada sabia do amor, por ser uma moça do campo, ainda virtuosa e inocente. Acabou por levantar-se da cadeira e deu um passinho em direção à porta.

– Maria, por que é que você está se afastando de mim? – perguntou Klestakov, acercando-se dela.

– Eu... eu acho que é a mesma coisa conversar de longe ou de perto! – respondeu a moça.

De repente, o rapaz deu um beijo no ombro de Maria. A jovem soltou um gritinho indignado.

– O senhor está imaginando que eu sou o quê, hein? Será que o senhor me desrespeita só porque eu sou da província?

Klestakov a segurava e ela simulava desvencilhar-se dele, empurrando-o levemente. O arrebatado conquistador resolveu ser mais convincente e caiu de joelhos, pedindo perdão por ter ofendido tão linda criatura, com seu amor.

Foi nesse momento que Dona Ana entrou, repentinamente, e gritou:

– Minha filha, que escândalo é esse? Já para dentro, imediatamente!

Maria, apavorada, saiu correndo, chorando.

Klestakov ficou a sós com Dona Ana. Considerando a mãe de Maria uma senhora ainda atraente, resolveu prosseguir a corte com a nova parceira.

Assim, ele, que com a entrada de Dona Ana havia se levantado num pulo, voltou a cair de joelhos, aos pés da apetitosa mulher, dizendo:

– Minha bela senhora, que lindos olhos negros a senhora tem! Seus olhos me matam, me endoidecem!

– Estou muito surpresa! Afinal, se entendi bem, o senhor estava se declarando à minha filha, não é verdade? – perguntou Ana, abrindo bem os seus negros olhos sedutores.

– É à senhora que estou me declarando; amo perdidamente seus belos olhos negros! Sinto que estou apaixonadíssimo pela senhora!

Dona Ana, baixinho, replicou:

– Mas... eu sou uma mulher casada!

– O amor não conhece empecilhos, nem o coração aceita as leis dos homens.

E acrescentou, num ímpeto, ainda ajoelhado:

– Minha bela senhora, fujamos para longe! Fujamos para a sombra das frondosas árvores, onde as borboletas rodopiam e os pássaros cantam em seus ninhos! Senhora, estou pedindo a sua bela mão! Para mim, é uma questão de vida, ou de morte!

A porta escancarou-se e Maria entrou correndo.

– Mamãe! Papai está chamando...

Quando Maria flagrou Klestakov ajoelhado aos pés da sua mãe, soltou um gritinho agudo:

– Mãe!

Dona Ana não perdeu a dignidade. Numa voz grave, com ares de grande dama, disse à filha, com o dedo em riste:

– Maria, você ainda não aprendeu a se comportar como moça? Não se entra assim, sem bater e aos gritos, como uma pessoa da ralé. Você precisa seguir o meu exemplo, ser uma pessoa de classe, de modos elegantes, conhecedora da etiqueta! Klestakov não perdeu tempo. Aproveitando a confusão, segurou a mão da moça e disse à mãe:

– Senhora, por favor, não se oponha à nossa ventura!

Dona Ana ficou espantada.

– O senhor está dizendo que está apaixonado por Maria?

Klestakov, mestre em livrar-se de situações embaraçosas, olhou bem dentro dos negros olhos de Dona Ana e repetiu:

– É uma decisão sua, minha senhora. Para mim, será uma questão de vida, ou de morte... como já disse antes.

Dona Ana achou que o galanteador, num gesto de puro cavalheirismo, estava defendendo a sua reputação de mulher casada. Deu-lhe uma piscadela às escondidas e disse à filha:

– Maria, você não passa de uma imbecil. Por uma pessoa como você, tão sem modos, o gentil senhor está aqui ajoelhado, pedindo que eu dê a minha autorização materna para o seu amor. Você não merece um cavalheiro de tal estirpe. Como é que numa hora dessas, você, Maria, por quem me esforcei tanto para que recebesse uma educação esmerada, como é que você entra como uma louca e interrompe a declaração que o ilustre senhor me dirige com intenção de pedir... a mão de minha filha?

Atônita, a moça pediu desculpas por ter entrado sem bater, de modo tão impulsivo.

– Nunca mais farei isso novamente, mãezinha querida! – prometeu Maria.

Nesse momento, o governador surgiu, completamente desesperado. Havia no seu rosto um ar de delírio: algo que um observador atento talvez definisse como medo. Evidentemente, o governador soubera das queixas feitas a Klestakov pelos comerciantes.

Aproximando-se do impostor, jurou inocência:

– Excelentíssimo, tudo o que aquela gente falou de mim é

calúnia, pura calúnia! Eu sempre governei com a mais completa honestidade, sou um homem temente a Deus, um homem religioso! Aquela gente, sim, é que não presta! Por favor, senhor, não dê ouvidos a tantas maldades! Nós, os governantes, somos pessoas muito sofridas. A calúnia nos persegue!

Dona Ana sacudiu o marido para que saísse daquele transe. Havia algo que ele precisava saber.

– Ouça, homem: Maria acaba de ser pedida em casamento por este nobre senhor!

O governador não ouvia o que dizia a mulher, apesar da forma como recebera a notícia. Continuava a invocar os céus, jurando inocência. Foi necessário que Dona Ana o sacudisse mais ainda e quase gritasse a novidade. O governador escutou, mas demorou a entender. Aos poucos escancarou a boca, custando a acreditar em tanta felicidade. Se fosse verdade o que ouvira, então não havia mais motivo para preocupação! Evidentemente, um genro não iria delatar um sogro à corte de São Petersburgo! Tudo ficaria em família; tudo seria abençoado pelos santos laços do matrimônio.

– Isso não pode ser verdadeiro! – dizia, antevendo a dissipação do pesadelo.

– Pois acredite! Estou apaixonado! Se o senhor não aceitar o meu pedido, renunciarei à vida!

O governador, aturdido por tantas emoções em apenas um dia, balbuciou:

– Dou-lhes a minha bênção!

Foi assim que, com o consentimento de um pai feliz e de uma senhora que acabara de escapar de um flagrante, Maria e Klestakov foram declarados noivos, no romântico cenário de uma faustosa casa de província.

Estavam ainda mergulhados nesse encantamento, quando a porta se abriu e Óssip entrou apressado na sala.

– A carruagem está pronta – anunciou.

– Então o senhor vai nos deixar? – perguntou o governador, surpreso.

– Somente por um ou dois dias, meu querido futuro sogro. Vou visitar minha tia milionária; é uma obrigação familiar. Mas voltarei imediatamente para perto de minha amada noivinha! – exclamou Klestakov.

Como o futuro sogro insistisse em emprestar algum dinheiro para aquela nova viagem, já que seu futuro genro contara haver tido tantos contratempos nos últimos dias, o impostor recebeu mais um pequeno empréstimo... de quatrocentos rublos.

– Então adeus, senhores! Adeus, meu amor, minha vida!... – aproximou-se de Maria e beijou-lhe a mão.

Foi imediata a partida, acolchoada em travesseiros de plumas, rublos, sacos de açúcar e tudo o mais.

Klestakov e Óssip, viajando em luxuosa carruagem, finalmente desapareceram numa curva do caminho.

Capítulo 11

Depois da partida dos visitantes, o governador perguntou à mulher:

– E então, minha Ana Andreievna, e então? Você algum dia sonhou com algo parecido, hein? Vamos, responda com sinceridade: você podia imaginar que algo parecido viesse a acontecer?

Ana sorria, um sorriso muito misterioso. Lógico que ela imaginou que aquilo pudesse acontecer... e que muitas coisas pudessem um dia acontecer!

O governador, radiante, parecia o dono do mundo. Se antes do noivado ele já era arrogante, agora estava completamente insuportável, cheio de vaidade e mania de poder. Chegara a sua grande hora: agora, aquela gentalha toda que fora queixar-se dele ia ver uma coisa, ora se ia! Era um bando de vis traidores, uma escória! Agora eles iam conhecer o verdadeiro Anton Antonóvitch.

Dirigiu-se até a varanda e berrou o nome de um soldado, ordenando-lhe:

– Quero imediatamente a relação, por escrito, de toda a ralé que apareceu aqui e fez queixa de mim, ouviu?

– Ouvi, senhor governador!

– E também quero o nome de todos os que escreveram queixas contra mim!

– Sim, senhor!

– E faça o favor de apressar-se com isso, e não quero que guarde segredo. Quero que todos saibam que Deus me defendeu e me enviou uma enorme graça: minha filha ficou noiva, ela vai se casar. Mas não se unirá a um pé-rapado qualquer, não! Minha filha vai se casar com uma sumidade intelectual e funcional, com um verdadeiro cavalheiro de São Petersburgo, um grande homem!

O soldado ouviu, batendo continência. Ouviu também o governador exigir que todos os sinos tocassem para anunciar a grande nova. E lá se foi, em marcha acelerada, desincumbir-se das tarefas.

Só então Anton Antonóvitch começou a sonhar, fazendo planos com sua mulher.

– Nós nos mudaremos para São Petersburgo ou continuaremos a viver aqui?

Dona Ana não tinha dúvidas, sua maneira de sonhar era direta.

– É claro que iremos morar numa faustosa residência em São Petersburgo! E lá receberemos condes, duques e generais!

O governador já se via um engalanado general, com o peito rebrilhando de condecorações, um herói da pátria!

Dona Ana tinha somente um receio: será que seu marido, um simplório do interior, não iria envergonhá-la na capital? Afinal, ela era uma senhora fina. Acabara de receber declarações tão apaixonadas de um certo homem, tão ilustre... Sorria pensando no seu segredo, enquanto procurava um bom ângulo, no espelho da parede, para admirar seus belos olhos negros.

O governador e sua mulher planejavam a nova vida em São Petersburgo contando com a influência do futuro genro na corte.

– Você acha que minha farda deverá ter galões vermelhos ou azuis? – perguntava.

– Eu prefiro a cor azul... é mais romântica! – respondia Ana, sonhando.

Em seguida, muito severa, deu conselhos ao marido: lembrou-lhe que tivesse modos refinados, não falasse com grosseria, pois os palavrões que poderiam parecer normais na boca de um governador de província ficariam fora de tom em São Petersburgo.

O marido pensava em saborear peixes deliciosos e caviar especial; ouvira dizer que em São Petersburgo a comida era da melhor qualidade.

Dona Ana sonhava com uma grande mansão... a qual exalasse um perfume tão intenso de flores que, quem entrasse ali, ficaria com os olhos marejados... como os seus naquele momento.

Os devaneios foram interrompidos pela entrada abrupta dos comerciantes, que chegavam receosos e cheios de mesuras. O chamado do governador significava que havia perigo no ar!

– Ah, sim, entrem. Como vão os senhores? – perguntou maliciosamente o futuro general.

Aquele tom meloso certificou os comerciantes de que o governador não os pouparia.

– Estamos bem e esperamos que o senhor também esteja – respondeu um deles, vencendo o medo.

– Quer dizer que esperam que eu esteja bem depois das queixas que fizeram de mim ao inspetor? – dizia, tentando conter sua ira transbordante.

Estava prestes a gritar palavrões, mas lembrou-se do seu provável alto cargo na capital e se conteve, com o rosto avermelhado pela raiva. Mesmo assim, chamou a todos de canalhas, bandidos e safados.

Dona Ana tapou a boca do marido, apreensiva.

– Meu querido, olha os modos... Não se esqueça de São Petersburgo!

O governador, fora de si, deu um empurrão na mulher foi direto ao assunto:

– Vocês sabiam, seus miseráveis, que o inspetor para quem vocês foram fazer suas queixas... pois é, aquele inspetor, vai ser o meu genro, sabiam? E agora, seus... seus... inomináveis... o que é que vocês vão fazer, hein? Porque vocês vão me pagar a traição, vão me pagar com juros altos! Vocês me chamaram de ladrão: pois eu os chamo de assaltantes! Quem não se lembra da venda de cem mil rublos de pano podre ao governo? Eu sei que vocês me deram uns vinte metrinhos de tecido, mas isso vale o quê? Um prêmio? Se o meu genro soubesse de todas as suas malandragens, todos vocês iriam parar na cadeia! Se vocês me chamam de ladrão, eu os chamo de colegas!

Os comerciantes presentes, assustados, não sabiam o que dizer. Satisfeito com o mutismo geral, Anton retomou seu inflamado discurso:

– Vocês são pretensiosos! Têm a coragem de dizer que são iguais aos nobres, que estão acima das leis. Vocês se esquecem que os nobres estudam altas ciências e que apanham de palmatória, na escola? Apanham para aprender alguma coisa que preste! Enquanto vocês, comerciantes, só estudam a arte de enganar o freguês. Em vez de estudar os mandamentos, estudam a religião de como enganar no peso, na metragem. Seus metidos a grandes senhores...! Pois sim: não passam de uma corja de ladrões!

Ana estava calada. Ela conhecia bem os ataques de cólera do seu marido. Numa hora dessas, era melhor emudecer e esperar passar a tempestade. Mas estava apreensiva, pensando se o seu marido perderia o controle assim, de maneira tão grosseira, quando fossem viver na capital.

Os comerciantes balbuciavam desculpas. O governador não fazia caso e continuava a berrar, lembrando os embustes e a ingratidão de cada um, porque, dizia, em cada falcatrua cometida, ele sempre soubera estender-lhes a mão amiga.

Um comerciante falou em nome do grupo:

– Perdão, senhor governador, cometemos um terrível engano, mas prometo, em nome de todos aqui presentes, que nunca mais, em tempo algum, faremos qualquer outra queixa contra o senhor!

Outro comerciante, mais nervoso, esqueceu-se de sua dignidade e implorou:

– Tenha piedade de nós, Anton Antonóvitch!

O governador sentiu que havia triunfado e resolveu perdoar.

– Agradeçam a Deus por eu não ser vingativo. Se fosse o contrário, se fosse eu quem estivesse pedindo perdão a vocês, sei que me atirariam aos lobos sem dó nem piedade! Mas aconselho-os a serem mais cautelosos. Lembrem-se de que minha filha se casará em breve com um nobre e eu exijo que os presentes de casamento, depois de tantos insultos, estejam à altura do acontecimento. Nada de sacos de açúcar! Esse será o acontecimento social do ano!

* * *

Notícia nova em cidade pequena voa! Logo que os comerciantes saíram, todos os comparsas do governador apareceram.

As mulheres vinham endomingadas, os homens muito elegantes, cheios de salamaleques e etiquetas. Afinal, o governador era agora o futuro sogro do inspetor de São Petersburgo, pessoa do mais alto gabarito!

Os primeiros a chegar foram o juiz, o diretor do hospital e o funcionário Rastakóvski. Entravam, eufóricos, esbanjando abraços e tapinhas nas costas do governador.

– Desejamos-lhe muita felicidade, Anton Antonóvitch! Muitos netos, muita saúde, muita fartura...

Rastakóvski desejava vida longa até para os futuros bisnetos e tataranetos de Dona Ana, que recebia os cumprimentos estendendo a mão aos visitantes, como se fosse uma imperatriz.

Maria, deslumbrada com sua súbita importância, tinha as faces coradas pela emoção e pelo acanhamento. De repente, ela era a personagem de maior destaque na cidadezinha! A vida realmente é cheia de surpresas e encantamentos! Enquanto isso, empregados foram às pressas comprar pasteizinhos, aperitivos, bebidas. Afinal, era preciso receber com elegância toda aquela enxurrada de gente!

À medida que a notícia se espalhava, chegavam mais pessoas à casa, entre elas o chefe de polícia e a sua mulher, madame Korobkine. Farfalhante com seu vestido de cetim, parecendo uma baleia luzidia, ela abraçou a jovem noiva com tal força que quase a sufocou.

– Maria, minha querida Maria, eu desejo a você muita felicidade... e a você também, minha Ana!

Bobtchinski e Dobtchinski não poderiam faltar. Artêmi tinha à sua volta os filhos Nicolau, Isabel, Ivan, Maria e Anastácia, e vieram também os filhos de Dobtchinski, parecidíssimos com o juiz Amós... Todos abraçavam e congratulavam a felizarda família.

O diretor da escola veio acompanhado de sua mulher, que falava e falava, sem parar:

– "Meu querido, quanta felicidade!", eu disse ao meu marido logo que soube da novidade "O destino foi muito bom com minha amiga Ana Andreievna... Vamos louvar a Deus nas alturas... Eu preciso encontrar minha amiga do coração, minha Ana, para abraçá-la pessoalmente..." Porque não existe felicidade maior para um coração materno do que arranjar um casamentão para a filha... Estou tão contente que até perdi as palavras, emudeço de tanta emoção... Mas onde está minha amada Ana Andreievna, onde?

Ali, na sala superlotada, já não era fácil encontrar quem quer que fosse.

– Preciso dizer à minha querida Ana de meu contentamento... Quando eu soube da extraordinária notícia, fiquei tão emocionada que cheguei a chorar... Porque eu sou muito sensível, choro a toa. Meu marido chegou a me dizer: "Anastácia, minha querida, o que foi que aconteceu? Qual o motivo de tantas lágrimas sentidas?"

O governador parecia não suportar mais tanto burburinho.

– Vamos sentar! – ordenou a todos.

Agora, a sua ordem era também a ordem do futuro sogro do inspetor de São Petersburgo. Desse modo, com o seu berro, todos se sentaram imediatamente. O juiz, de repente, viu-se com dois filhos de Dobtchinski esparramados no seu colo. A senhora Dobtchinski chamou-os rapidamente, mandando-os para outro canto.

O chefe de policia tomou a palavra:

– Por favor, conte-nos, Anton Antonóvitch, como aconteceu tão súbita felicidade, como se deu esse noivado tão inesperado e gratificante!

O governador contou, então, que tudo acontecera de forma fantástica:

– Imaginem que Sua Excelência, o ilustre visitante, pessoa da corte, um literato, repentinamente, honrou-nos com o pedido, feito de forma pessoal e direta!

Ana tomou a palavra para fornecer os detalhes àquela atenta plateia:

– Com o maior respeito e da maneira mais elegante, Sua Excelência me disse que faria o pedido graças ao mérito de minha pessoa!

Maria interrompeu a mãe, dizendo:

– Mãezinha... foi comigo que ele falou assim!

Dona Ana continuava a ser autoritária, mesmo tendo Maria subido à condição de "noiva do Excelentíssimo". Afinal, ela sempre fora a soberana em qualquer situação e, agora, era a "rainha-mãe", suprema realeza.

– Maria, faça o favor de calar a boca; eu estou falando! Você, minha filha, não sabe da missa a metade! Sua Excelência disse para mim: "Ana Andreievna, confesso que ando muito perturbado!" E só vendo a entonação com que ele dizia tal coisa, tão galante... E, depois, ele se ajoelhou aos meus pés... e disse que, se eu não aceitasse a sua proposta, ele se mataria!

Maria insistiu:

– Mãezinha, juro que ele falou assim **comigo**!

– Está bem, está bem; naturalmente ele também falou com você! – concedeu a mãe, contrafeita.

O governador acrescentava que fora aquele um momento de tensão, de aflição:

– Não é que o Excelentíssimo, tão impetuoso, ameaçava dar cabo à vida?

Exclamações de surpresa vinham de toda parte do auditório deslumbrado:

– Que coisa inédita! É a grande sorte, é a obra de Deus, é o destino radioso!

Artêmi pediu um aparte e aproveitou para bajular o governador.

– Não é obra do destino coisa alguma! O governador merece! Deve tanta felicidade ao seu mérito, ao seu valor, à sua conduta!

O diretor do hospital se desfazia em elogios, mas, por dentro, ruminava sua inveja e murmurava com os dentes cerrados:

– Este canalha tem muita sorte!

Novas indagações da multidão curiosa se seguiam:

– Permita-me, Anton Antonóvitch, perguntar-lhe onde se encontra o inspetor?

Maria adiantou-se e explicou que o noivo viajara para contar a novidade à sua tia, uma senhora milionária, a fim de pedir a sua bênção para o casamento, mas que logo estaria de volta.

O juiz, afoito, oferecia ao pai da noiva um certo cachorro perdigueiro que, há tempos, o governador quisera comprar! Naquela época negara-se a vendê-lo, mas agora, se ele quisesse...

Anton Antonóvitch não se interessava mais.

Na capital, cachorros seriam coisa de somenos. Dona Ana, naquele momento, pensou em adquirir alguns galgos, ficariam bem nos jardins da nova residência, mas nada disse. O sonho de São Petersburgo era vasto e repleto de possibilidades.

– Além do mais, quando estivermos em São Peters... Atchim!!!

Ao espirro do governador seguiram-se votos de saúde, fortuna, dinheiro e, em vozes quase inaudíveis:

– Vá pro inferno!

– Que este espirro lhe traga uma boa tuberculose!

– Vá pro raio que o parta!

– Muito obrigado: para os senhores também – agradeceu.

A exposição dos sonhos continuava. Dona Ana explicava as vantagens de estabelecer-se na nova cidade. Ali, a vida seria melhor do que na pequena Kolmogor, onde só havia gente simplória, ignorante... e seu marido, em breve, certamente receberia uma alta graduação.

Artêmi maldizia o governador em pensamento, mas dirigia-se a ele muito delicadamente:

– Quando chegar ao posto de general, não se esqueça dos amigos, hein?

A esse pedido juntaram-se outros. Todos lhe solicitaram proteção, ajuda ou apadrinhamento.

Korobkine expôs-lhe que levaria seu filho no ano seguinte para São Petersburgo. Pediu-lhe que arranjasse para o rapaz um pistolão, pois só assim conseguiria facilmente um bom emprego.

O governador respondia jurando ser um amigo do seu povo e que, portanto, faria de bom grado tudo o que pudesse em benefício da sua gente, mesmo sendo um membro da corte.

Dona Ana cutucou o marido e disse-lhe ao ouvido:

– Não fique prometendo coisas para essa gente! Em São Petersburgo você terá altos encargos, outras preocupações! Você vai acabar aborrecendo a alta aristocracia, se começar a fazer pedidos para esse povinho camponês!

Madame Korobkine, que tinha o ouvido aguçado, escutou o comentário e logo passou-o adiante, dizendo baixinho:

– Velha víbora, a tal da Ana; agora pensa que é a própria czarina!

Capítulo 12

A reunião prosseguia nesse tom de falsa alegria que todos manifestaram por causa da vitória do governador, quando, de repente, entrou o chefe dos correios com uma expressão de quem sofrera um rude golpe.

– Senhores, senhores! Fomos enganados! – dizia, desesperado.

Todos, que conversavam animadamente, calaram-se e a sala encheu-se de um silêncio tenso. Parecia que o chefe dos correios lançara um fluido de tragédia no ar. Todos se voltaram para Ivan Kusmitch Shpékin, que tinha o rosto extremamente pálido e balançava uma carta na mão.

Esperavam o desenrolar dos fatos com os olhos arregalados e a respiração suspensa. O chefe dos correios, quase desmaiando, conseguiu reunir forças e explicar, a duras penas, o motivo da sua palidez:

– Meus senhores, minhas senhoras, tenho uma notícia estarrecedora: aquele visitante... que todos nós julgávamos ser o inspetor, não é um inspetor! Esta carta, aqui nas minhas mãos, revela toda a verdade.

O governador engasgou-se, mas ninguém o ajudou a desengasgar-se; foi preciso que tossisse por si mesmo. O prenúncio da falsa vitória fazia com que os amigos já não estivessem mais às ordens.

– Mas... mas o que revela essa carta? O que está escrito

aí, homem? Diga de uma vez, que diabo de carta é essa? – perguntou finalmente.

O chefe dos correios então explicou:

– Esta carta é do próprio Ivan Alexándrovitch Klestakov, que todos nós julgávamos **inspetor**. Quando li o nome do remetente no verso, fiquei paralisado de tanto medo. Evidentemente, aquela carta poderia ser perigosa, poderia estar repleta de denúncias! Quem sabe o inspetor descobrira alguma coisa lá no serviço dos correios e escrevera para avisar a chefia em São Petersburgo! Foi unicamente por causa desta grave apreensão que eu abri o envelope.

– Como é que o senhor ousou praticar semelhante crime? O senhor violou a correspondência? – esbravejou o governador.

– Não sei explicar por que agi assim! Foi um gesto emocional; parece que uma voz, de dentro da carta, dizia "Me abre, me abre!" E aí o coração não resistiu e abri o envelope!

– Mas o senhor violou a correspondência de uma autoridade! – vociferava Anton Antonóvitch.

– Mas Klestakov não é nenhuma autoridade! Não é nem inspetor nem porcaria nenhuma.

– Como o senhor se atreve a dizer tais absurdos? Vou mandá-lo para a cadeia!

O chefe dos correios, em resposta, resolveu ler a carta em voz alta.

– Absurdo? Então escutem: "Meu querido amigo Triapichkin, aconteceram aventuras fantásticas comigo e apresso-me a escrever-lhe e contar-lhe as novidades. Imagine que quase fui parar na cadeia porque, numa dessas noites de jogo, um capitão deixou-me completamente sem dinheiro e o dono da taberna queria, a todo custo, que eu pagasse a despesa. Só não fui preso porque eu vim de uma cidade grande. Imagine que loucura: a gente simplória daqui pensa que sou general, ou coisa que o valha! No momento, sou hóspede do governador, recebo o tratamento de um czar e ainda cortejo a mulher e a filha dele. Falta só saber qual das duas eu vou escolher primeiro. Acho que vou começar pela mamãezinha, que parece ser uma coroa disposta a tudo. Lembra-se dos velhos tempos difíceis, antigos, que passamos juntos? A gente comia num dia e jejuava no outro... Teve até aquela confusão com o dono de um botequim, que exigiu que eu pagasse um pastel que eu havia comido e não tinha como pagar! Agora, estou por cima: os bobalhões me emprestam dinheiro, é só eu pedir! É um pessoal gozadíssimo: se você visse, daria boas gargalhadas! Como você é jornalista, pode aproveitar e escrever alguns artigos sobre esta aldeia. Veja só: em primeiro lugar, vem o tal do governador, que é um débil mental..."

Ao ouvir esse trecho da carta, o mencionado fez com que o chefe dos correios interrompesse a leitura.

– Não é possível que isso esteja escrito na carta!

Como prova irrefutável da verdade, Shpékin entregou-lhe a carta, para que ele mesmo continuasse a leitura em voz alta.

O governador leu:

– "... que é um débil mental..."

Diante da constatação de que o chefe dos correios não mentia, duvidou que aquela carta tivesse sido escrita por Klestakov.

– Ora, foi o senhor mesmo que resolveu escrever tudo isso! – vociferou, incrédulo, o ex-futuro general.

– Como eu poderia ter escrito?!!

O grupo ouvia a tudo estarrecido. Artêmi interrompeu a discussão e pediu ao chefe dos correios que continuasse a leitura, sem dar atenção às reclamações do governador, no que foi prontamente atendido.

– "... em primeiro lugar, vem o tal do governador, que é um débil mental..."

– É preciso repetir toda essa sandice? Todo mundo já não ouviu? – bradou a vítima.

Todo mundo já havia escutado, claro. O chefe dos correios voltou a ler:

– "... o tal do governador, que é um débil mental. O chefe dos correios é boa pessoa..."

Foi aí que ele interrompeu por si mesmo a leitura. Explicou que ali havia inconveniências a seu respeito que não valiam a pena ser lidas.

Anton Antonóvitch voltou a berrar:

– Agora faço questão de ouvir tudo!

– Ora, são coisas banais, não interessam! – dizia Shpékin, com a carta dobrada na mão.

Mas o governador insistia. Já que a carta estava sendo lida, então era para ser lida por inteiro.

Artêmi avançou no chefe dos correios e conseguiu arrancar a carta de suas mãos, prosseguindo:

– "... O chefe dos correios é boa pessoa, mas é um idiota, parecido com o Mikaev, lembra-se? Igualmente idiota e bêbado. O diretor do hospital..."

Artêmi, vendo-se citado, resolveu inventar que não conseguia ler direito, que aquele trecho da carta estava completamente ilegível. O melhor mesmo era interromper de vez a leitura, porque aquilo parecia ter sido escrito por um iletrado, notava-se pela péssima caligrafia. Mas houve protestos e Korobkine, lutando pela posse da carta, continuou a leitura. Artêmi, disfarçadamente, colocava a mão sobre determinado trecho... no entanto Korobkine conseguiu por fim apoderar-se do papel dando um safanão no diretor do hospital.

"... O diretor do hospital é um leitão enfeitado, e o diretor da escola fede horrivelmente."

Korobkine continuava a ler:

– "... O juiz..."

O juiz interrompeu-o, num ímpeto, dizendo que aquela carta já estava ficando longa demais e que era de se estranhar que pessoas de categoria perdessem tempo com um assunto tão estúpido. O chefe dos correios não concordou: queria que a carta fosse lida, sim.

– Ora, quando chega nos podres do juiz, francamente, só nessa hora é que o juiz interrompe? Essa não. Agora, queremos ouvir tudo!

Artêmi concordou:

– É, agora nós queremos ouvir a carta inteira!

– Korobkine prosseguiu:

– "... O juiz é *mauvais ton...*"

O que seria *mauvais ton*? Korobkine concluiu que devia ser algo em francês. O juiz também não sabia traduzir o termo.

– O que será que isso quer dizer? Se significar apenas uma pessoa sem caráter, tudo bem, mas talvez seja coisa pior – ponderou Korobkine.

Como ninguém soubesse, o chefe de polícia prosseguiu:

– "... Fora isso, todos são boas pessoas e hospitaleiros. Até qualquer dia, Triapichkin, meu amigão. Resolvi seguir o seu exemplo e vou me dedicar à literatura. Afinal, a vida se torna muito aborrecida se a gente não procura alimentar o espírito. Acabo de descobrir que preciso me ocupar com coisas elevadas. Escreva. Ficarei na aldeia de Podkatilovka, na província de Saratov."

O chefe de polícia fez uma pausa. Com um gesto teatral, pegou o envelope e leu o nome do destinatário: Ivan Vassilievich Triapichkin, Rua do Correio, casa número 97, fundos, São Petersburgo.

O governador parecia ter se transformado num fantasma.

– Fui apunhalado! Estou morto, morto! Vocês precisam pegar aquele bandido, aquele sacripanta, aquele miserável! Estou morto! Fui apunhalado pelas costas!

O chefe dos correios lembrou que seria difícil trazer Klestakov de volta. Ele havia partido na melhor carruagem, atrelada aos cavalos mais velozes da cidade.

O ambiente ficou mais constrangedor ainda quando alguém se lembrou dos empréstimos concedidos ao falso inspetor.

– Eu emprestei trezentos rublos para aquele bandido! – gritou o juiz.

– Eu também emprestei trezentos rublos para aquele malandro! – berrou Artêmi.

Cada um deles recordaria a quantia emprestada... para sempre. Klestakov tinha sumido e o dinheiro fora junto, não havia dúvida! O governador batia violentamente na testa, como se precisasse castigar-se, vociferando:

– Mas como posso explicar que aconteceu isso comigo? Sou um velho cretino! Estou esclerosado, é isso, estou completamente senil! Eu, que sirvo o Estado há trinta anos, e nenhum comerciante nunca conseguiu ser mais esperto do que eu...! Eu, que sempre enganei um canalha depois do outro!

Dona Ana interrompeu o marido, dizendo que aquilo não podia ser verdade: Klestakov havia ficado noivo de Maria, havia firmado um compromisso!

O governador atingiu o ponto mais alto de sua irritação: – Mulher, não diga besteiras! O canalha "ficou noivo da nossa Maria". Você vem agora, depois de tudo, me falar em compromissos de noivado? Vejam! Vejam: eu sou um estúpido, um quadrúpede! Deixei-me enganar por um joão-ninguém! Imaginei que aquele imbecil fosse alguém importante! Eu sou um completo idiota!

Anton Antonóvitch tinha entrado em estado de fúria alucinada. Tentava socar o próprio nariz, dava cabeçadas na parede, batia com os pés; parecia dançar uma dessas curiosas danças cossacas. Repetia, aos berros, que sua imbecilidade ia ficar conhecida nos quatro cantos da Rússia, contada e recontada por aquele... aquele... Com certeza, ainda acabaria se tornando personagem de uma comédia bufa, a qual seria representada para um público que o chamaria de palhaço...

– Eu vou matar todos os escrevinhadores! – gritava Anton Antonóvitch Skovznik-Dmukhanovski.

Os presentes assistiram silenciosamente a uma nova série de murros no ar, até que o governador, exausto, acalmou-se.

– Mas, afinal, quem foi que inventou que aquele camarada era o inspetor? – indagou ele, recobrando o senso.

Era uma boa pergunta: quem inventara aquilo?

Artêmi coçava a cabeça; Shpékin resmungava que não sabia; todos tentavam lembrar-se: quem inventara que aquele Klestakov era o inspetor, o temido e esperado inspetor?

Subitamente, o juiz Amós, num gesto de acusação jurídica, com o dedo indicador esticado na direção de Dobtchinski e Bobtchinski, exclamou:
– Foram eles! Pedro Ivánovitch Dobtchinski e Pedro Ivánovitch Bobtchinski!
Os acusados juraram inocência, mas não foram ouvidos. Artêmi, como quem assina uma certidão de óbito, declarou:
– Foram eles! Pedro Ivánovitch Dobtchinski e Pedro Ivánovitch Bobtchinski!
Lucas também concordou:
– É isso mesmo, foram eles, lembro-me bem de quando entraram aqui aos berros, dizendo: "Ele chegou! Está no hotel e não paga as contas!"
Dobtchinski e Bobtchinski, encurralados, eram chamados de irresponsáveis, inventores de histórias, boateiros infernais. O circulo se fechava, com as vítimas no meio. De todos os lados vinham acusações:
– Comadres malditas!
– Fofoqueiros sem escrúpulos!
– Malandros desocupados!
De repente, Dobtchinski começou a acusar Bobtchinski:
– Foi ele, foi Pedro Ivánovitch!
Bobtchinski revidou acusando Dobtchinski:
– Eu não; foi Pedro Ivánovitch!
Nesse momento a terrível discussão foi silenciada com a entrada de um soldado, que anunciou, solene:
– Acaba de chegar ao hotel um alto funcionário de São Petersburgo, devidamente credenciado. Ele ordena que todos aqui se apresentem a ele, **o quanto antes**!

QUEM FOI SYLVIA ORTHOF?

Filha de austríacos, Sylvia nasceu no Rio de Janeiro, em 1932. Aos quinze anos recebeu seu primeiro prêmio: "Revelação de Atriz", pela interpretação de Julieta na famosa peça de Shakespeare. Foi aluna de Marcel Marceau – um artista francês que revolucionou a mímica –, representou ao lado de atores como Cacilda Becker, Cleide Yáconis e Walmor Chagas, foi professora de teatro na Universidade de Brasília, escreveu e dirigiu textos teatrais.

Em 1981 Sylvia passou a se dedicar também à literatura. Em bem pouco tempo recebeu vários prêmios: Jabuti, O Melhor para a Criança (FNLIJ) e O Melhor Texto Infantil da Abril. Seu livro *Os bichos que tive* (Ed. Salamandra/INL) consta da lista de honra da *International Board on Books for Young People*.

Faleceu em 1997, em Petrópolis (RJ).